당당하게 도전하고 쿨하게 즐겨라

자신의 찬란한 꿈을 위해 노력하는 대한민국의
모든 20대 여성들과, 최고의 뮤지컬 배우를 꿈꾸는
사랑하는 내 딸 '김유리처럼 맑게 빛나라' 에게 이 책을 바친다.

당당하게 도전하고 쿨하게 즐겨라

찍은 날 · 2010년 8월 11일
펴낸 날 · 2010년 8월 17일

지은이 · 김옥림
펴낸이 · 임종대
펴낸곳 · 미래문화사

등록 번호 · 제3-44호
전자 우편 · mirae715@hanmail.net
홈 페이지 · www.miraepub.co.kr
등록 일자 · 1976년 10월 19일
주소 · 서울시 용산구 효창동 5-421 1F
전화 · 715-4507 / 713-6647
팩스 · 713-4805

ISBN 978-89-7299-384-1 03890

당당하게 도전하고 쿨하게 즐겨라

김옥림 지음

미래문화사

 작가의 말

꿈을 이루고 미치도록 행복하라

여자 나이 20대는 바라만 보아도 꿈이 넘치고 사랑이 넘친다. 생기 발랄하고 풋풋하다. 그런데 우리나라의 20대 여성들은 대학을 졸업하고도 갈 곳이 없어, 꿈을 펼치기도 전에 인생의 쓴맛을 먼저 본다.

비정규직이니, 인턴사원제니, 88만원 세대니 하는 등 갖가지 용어들이 마치 무슨 새로운 경제 용어인 양 날파리 떼처럼 사회 구석구석에 떠돈다.

입사원서를 수십 장, 수백 장씩 써서 돌려도 오라는 데가 없다. 그저 속이 꽉 막힌 것처럼 답답하고 암울하다. 너무 막막해서 눈물이 난다.

그러나 울지 마라. 더 독하게 마음먹어야 한다. 결국 싫든 좋든, 쉽든 어렵든 자신이 하지 않으면 안 된다.

어려움은 언제나 있었다. 과거에도 그랬고, 지금도 그렇고, 미래에도 그럴 것이다. 사람이 존재하는 한 그 시기가 언제든, 그곳이 어디든 그 나름대로의 어려움은 다 있다.

나에겐 나보다 더 사랑하는 딸이 있다. 뮤지컬 배우의 꿈을 이루기 위해 저녁 늦게까지 뛰어다니는 걸 보면 가슴 저 깊은 곳으로부터 안쓰러움이 울컥울컥 올라온다. 그러나 달리 해줄 수 있는 것이 없다. 돈이라도 많다면 풍족하게 뒷바라지를 해주겠지만 그도 여의치 않으니 아버지로서 가슴이 아프다.

이런 아버지의 마음이 어디 나뿐이겠는가. 20대 딸을 둔 대한민국 아버지들의 마음은 다 똑같다. 그게 아버지니까.

대한민국의 20대 여성들은 다 내 딸 같은 마음이 든다. 그래서 예사로 보이지 않는다. 이에 나는 우리의 20대 여성들에게 용기를 주고, 격려해 주고 싶어 한 자 한 자 써나가기 시작했다. 글을 쓰다 보니 어느새 한 권 분량이 됐다.

이 책에 나오는 여성들도 20대에는 모두 다 가난과 싸워야 했고, 자신과 싸워야 했고, 지독한 편견과 싸워야 했고, 시련과 싸워야 했고, 실패와 좌절과 싸워야 했고, 그리고 자신을 방해하는 모든 것들과 몸부림치며 필사적으로 싸웠다. 그리고 이겼다.

이 책은 2부로 구성되어 있는데, 1부는 세계적으로 널리 알려진 여성들을 다뤘고, 2부는 우리나라의 여성들을 다루되 널리 알려진 여성보다는 평범하지만 자신을 이겨내고 당당하게 자기의 길을 가는 여성들을 소재로 해서 동질감을 느끼게 하고 공감을 주도록 했다.

실패를 두려워하지 않고, 시련과 맞서 싸워 이긴 똑똑하고 씩씩한 여성들의 이야기를 통해 우리의 20대 여성들이 용기를 얻고 자신감을 찾아 자신의 길을 당당하게 걸어갔으면 한다.

독일의 시성 괴테는 "인생에서 가장 큰 고난은 얻고자 노력하지 않는 것이다. 당신의 희망을 가로막는 장애물이 큰 것이 아니라 당신의 희망을 실현하려는 의지가 약한 것이다. 약한 의지력, 이것이 가장 큰 장애물이다."라고 말했다.

똑똑한 여자는 공부를 많이 한 사람이 아니라 어떤 어려움 속에서도 자신을 극복하고 당당하게 살아가는 여자다. 똑똑하게 일하고 미치도록 행복하게 살아가길 간절히 기원한다.

2010년 8월
김옥림

제2부 도전, 자신과의 싸움에서 승리하다

긍정의 말 한마디

성공이란

자주 그리고 많이 웃는 것
현명한 사람들로부터 존경받는 것
아이들의 호감을 사는 것
솔직한 비평가들의 인정을 받는 것
미덥지 못한 친구들의 배반을 참아 내는 것
아름다움을 식별할 줄 아는 것
다른 사람에게서 최선의 것을 발견하는 것

건강한 아이를 낳든
한 떼기의 정원을 가꾸든
사회 환경을 개선하든 간에
세상을, 자기가 태어나기 전보다
조금이라도 더 살기 좋은 곳으로 만드는 것

자신이 살았었기에
단 한 사람이라도 좀 더 마음 놓고 살아간다는
사실을 아는 것
이것이 성공이다

— 랠프 왈도 에머슨

제1부

열정, 그 찬란한 이름으로 서다

감성 지능형 리더십 CEO

인드라 누이 Indra Krishnamurthy Nooyi

 ## 원칙에 따라 꿈을 디자인하라

사람은 누구나 자신만의 꿈이 있다. 어떤 사람은 꿈이 크고, 어떤 사람은 꿈이 소박하다. 그 꿈의 크기는 각자가 결정해야 할 몫이다.

가장 바람직한 꿈은 모든 면에서 자신에게 잘 맞아야 한다. 그래야 자신의 꿈을 이룰 확률이 그만큼 높아진다.

자신에게 잘 맞는 꿈을 정하기 위해서는,

첫째, 자신이 가장 잘할 수 있는 것으로 정하라. 자신이 가장 잘하는 것은 그만큼 자신감이 서고, 효과적으로 이뤄낼 수 있다.

둘째, 적성에 맞는 일을 선택하라. 적성에 맞는 일은 자신의 인성에 잘 맞기 때문에 큰 도움이 된다.

셋째, 자신의 능력에 벗어나는 일은 절대 하지 마라. 능력에 벗어나는 일은 힘도 더 들고 성공할 확률도 낮다.

이 세 가지를 원칙으로 삼아 꿈을 정해야 한다. 그러면 성공할 확률이 그만큼 높아진다.

그런데 많은 사람들이 이를 무시하고 직업의 외형적인 모습만 보고 꿈을 정하는 경우가 많다. 가령 돈을 많이 벌어야 한다는 둥 남들이 선호하는 직업이어야 한다는 둥 직업을 마치 자신의 겉치레의 척도로 여기곤 한다. 이는 상식 이하의 생각이 아닐 수 없다. 돈을 많이 번다고 해서, 직업이 폼 난다고 해서 자아실현에 대한 만족도가 큰 건 절대 아니다. 자신의 능력과 성격과 적성에 가장 잘 맞는 일이야말로 자아실현에 대한 만족도가 크다.

다음으로, 꿈이 정해지면 그 일에 맞는 자료를 수집하고, 분석하는 등 치밀한 계획을 세워야 한다. 마음에 꿈을 품고 있다고 꿈이 저절로 이루어지는 것은 아니니까! 또한 무엇보다 중요한 것은 계획을 철저하게 실천으로 옮기는 것이다. 또 예기치 못한 일을 겪게 되더라도 절대로 포기해서는 안 된다.

이는 꿈을 이루는 가장 보편적인 원칙이지만 이를 알고도 행하지 못하는 게 사람이다. 이를 뛰어넘어야 한다. 그래야 꿈을 이루든가 꿈 근처에라도 갈 것이다.

이런 꿈의 법칙을 철저하게 지켜 실행함으로써 세계에서 가장 각광받는 여성 CEO가 된 인드라 누이Indra Krishnamurthy Nooyi! 그녀의 꿈의 법칙은 우리 젊은 여성들이 인생의 지침으로 삼아도 좋을 것이다.

빈틈없이 꿈을 실행하라

"여자로, 외국인으로 태어났다면 그 누구보다 더 영리해야 한다."

이 말을 한 사람은 인드라 누이 펩시코 회장이다. 그녀는 아메리칸드림의 전형으로 손꼽히는 여장부이다.

인드라 누이는 인도에서 태어나 대학을 나온 이방인으로, 내로라하는 쟁쟁한 백인 남자들의 숲을 뚫고 펩시코 최고의 자리에 올랐다. 그녀는 세계 음료 업계에서 만년 2등만 하던 펩시코가 코카콜라를 누르고 1등을 차지하는 데 가장 큰 공헌을 하였다.

펩시코가 코카콜라를 이긴 건 무려 100년 만의 일이었다. 펩시코로서는 일대의 혁신이었고, 기적 같은 일이었다.

인드라 누이는 웰빙 무드에 따른 음료 시장의 흐름을 정확히 예측하고, 사업을 건강음료와 식품 등의 분야로 다양화할 것을 강력히 주장하였다. 그리고 자신이 기획한 사업안을 성사시켰다. 그녀의 예측은 자로 잰 듯 아주 정확했고, 100% 성공을 거두었다.

인드라 누이는 인도 남부 첸나이의 중산층 가정에서 태어났다.

그녀는 마드라스 크리스천대학에서 화학을 전공하고, 인도경영대학원에서 경영학 석사 학위를 받았다. 그리고 학교를 졸업한 후 직장인이 되었다. 하지만 그녀의 조국 인도는 그녀가 품은 꿈을 실현하기엔 경제적으로나 사회적으로 너무나도 열악했다.

그녀는 자신 안에 잠들어 있는 자아에게 항상 말을 걸었다.

'나는 이렇게 살 수 없다. 나는 내 꿈을 실현시켜야 한다.'

자아를 실현하기 위해 만반의 준비를 마친 그녀는 마침내 1978년 아메리칸드림을 꿈꾸며 미국 땅을 밟았다. 그렇게도 간절히 원했던 미국 땅을 밟은 그녀의 가슴은 뜨거운 열망으로 가득 차올랐다.

그녀는 예일대학에 들어가 열심히 공부한 끝에 다시 경영학 석사 학위를 땄다. 게다가 그녀에겐 강력한 추진력과 실천력, 그리고 명석한 두뇌가 있었다. 이런 조건을 갖춘 인드라 누이는 보스턴컨설팅 그룹과, 모토로라 등에서 전략기획 분야를 담당하며 능력을 인정받았다.

그녀의 꿈은 천천히, 그러나 아주 분명하게 진행되고 있었다.

그러던 어느 날, 그녀에게 보다 나은 기회가 찾아왔다. 그녀의

능력을 눈여겨본 펩시코에서 러브콜을 보낸 것이다. 그런데 그녀가 펩시코에 합류할 당시엔 제너럴일렉트릭에서도 그녀에게 러브콜을 보내왔다.

"잭 웰치는 내가 아는 최고의 CEO이고, 제너럴일렉트릭은 아마도 세상에서 가장 뛰어난 회사일 겁니다. 하지만 나는 당신과 같은 사람이 꼭 필요합니다. 펩시코를 당신을 위한 특별한 공간으로 만들겠습니다."

이 말은 펩시코의 CEO 웨인 칼로웨이가 인드라 누이를 픽업하기 위해 한 말이다. 그만큼 그녀는 세계적인 기업들로부터 뜨거운 관심을 받는 인물이었다.

그녀는 자신의 진가를 알고 최고의 대우를 약속한 펩시코를 선택했다. 그리고 자신의 꿈을 이루기 위해서는 펩시코 같은 기업이 자신에게 필요하다고 생각했다.

그녀는 자신의 꿈을 이루기 위해 자신의 일에 미치도록 미쳤다. 한마디로 열정과 끈기, 그 자체였다.

그녀의 장점은 정확한 데이터와 탁월한 사업 분석 능력, 그리고 뛰어난 창의력이었다. 그녀가 기획한 일은 매번 대단한 성과를 가져왔고, 그것은 곧 그녀의 가치를 한껏 높이는 결과가 되었다.

그녀는 펩시코 회장이 되어서도 자신의 경영 스타일답게 자연스러운 분위기에서 회의를 주도하였고, 격의 없는 대화를 하는 등 커뮤니케이션을 중시하였다. 그래서 그녀에게 내려진 평가는 '감성 지능형 리더십 CEO' 였다.

인드라 누이는 말한다.

"당신이 새로운 사업 모델을 개발했다고 생각하는 순간, 그것은 사라진다. 왜냐하면 누군가는 그것을 모방할 것이기 때문이다."

과연 최고의 CEO다운 생각이다.

자신의 꿈을 이루기 위해 주도면밀하게 계획을 세우고, 미국을 선택한 인드라 누이.

전 세계 최고의 지식인들이 활개를 치는 드넓은 미국에서, 그것도 여자의 몸으로 날고 긴다는 무수한 남자들을 제치고 성공 신화를 새롭게 쓴 인드라 누이의 최대의 장점은, 무에서 유를 창조하는 독창적이고 풍부한 창의력이다. 인드라 누이의 경우를 보더라도 한 사람의 기발한 창의력이 얼마나 위대한 능력을 발휘하는지를 똑똑히 알 수 있다.

 ## 감성 지능형 리더십을 활용하라

여성은 남성에 비해 매우 섬세하다. 인드라 누이는 이 섬세함을 경영에 적극 활용함으로써 자신의 능력을 최대한 끌어올려 세계적인 여성 CEO가 됐다. 이름하여 감성 지능형 리더십!

이는 경영자가 부하 직원에게 일방적으로 지시를 내리는 것이 아니라, 한 사람의 인격체로 대하며 마음과 마음을 하나로 잇는 경영 방식을 말한다. 말하자면 가족과 같은 안락함과 편안함을 통해 정서적으로 안정함으로써 끈끈한 유대감을 갖게 하는 것이다. 이런 따뜻한 유대감으로 경영자와 직원들 간에 믿음이 싹트고, 그렇게 해서 생긴 믿음은 직원 개개인의 애사심을 높임으로써 회사는 안정적으로 발전해 나가게 된다.

인드라 누이는 바로 이 점에 착안하여 실행했고, 그 결과는 그녀에게 성공이라는 빛나는 타이틀을 안겨주었다.

자신의 꿈을 이루고 자아를 실현하기 위해서는 인드라 누이의 성공 마인드를 배워라. 그녀의 성공 마인드를 배우기 위해서는,

첫째, 폭넓은 상식을 길러야 한다. 언제나 손에서 책을 놓지 마라.

둘째, 지치지 않는 열정을 가져라. 아무리 좋은 목표도 열정이 식으면 이뤄낼 수 없다.

셋째, 자신이 하는 일에 빈틈이 생기지 않게 철저하게 관리하라. 빈틈이 생기면 능력은 소멸된다.

인드라 누이의 성공 비결을 실행하기 위해서는 그녀가 그랬듯이 그에 맞는 마인드와 능력을 갖춰야 한다. 만일 그렇지 못하면 그녀의 성공 비결을 실행하는 것은 생각으로만 그치게 될 것이다.

인드라 누이의 **성공 Tip**

1. 독창적인 창의력을 최대한 활용하였다.

2. 휴머니스트 정신에 입각한 '감성 지능형 리더십'을 가졌다.

3. 미치도록 미친 열정을 가졌다.

4. 탁월한 사업 분석 능력을 가졌다.

5. 세계 시장의 흐름을 정확히 예측하는 예지 능력을 가졌다.

6. 커뮤니케이션을 중시하고 이를 적극 활용하였다.

파워풀한 열정의 리더

마리 세골렌 루아얄 Marie-Ségolène Royal

 ## 한다고 했으면 하라

여성이 오히려 남성에 비해 강한 마인드를 보일 때가 많다. 하지만 그것이 지속적으로 이어지지 못하고 어느 순간에 가서는 약해지는 것을 종종 보게 된다. 그것은 일시적으로는 여성이 강하지만 지속적으로 유지하는 것은 남성에 비해 약하기 때문이다. 물론 강한 마인드를 가진 여성은 보통 남성에 비해 월등히 뛰어나다. 하지만 보편적으로는 남성에 비해 여성이 취약하다. 그러기 때문에 여성은 더욱 강한 마인드를 길러야 한다.

자신을 가장 잘 아는 사람은 자기 자신이다. 스스로 자신을 컨트롤하지 않으면 안 된다. 아무리 부모나 친구 등 주변에서 조언을 해준다 한들 결국 그것을 실행하고 안 하고는 자신의 몫이다.

무슨 일이든 목적이 중요하다. 그러나 그보다 더 중요한 것은 한다고 했으면 실천해야 한다. 그러기 위해서는,

첫째, 자신이 계획한 것은 하늘이 두 쪽이 나도 반드시 하라.

둘째, 하지 못할 것이라면 애당초 계획에 넣지 마라.

셋째, 남의 힘을 빌릴 생각으로 해서는 안 된다. 남이 언제나 자신을 위해 '예스, 오케이!' 하는 것은 아니니까.

적극적인 마음을 가져라. 그렇지 않으면 그 어떤 것도 성사시킬 수 없다.

파워풀한 열정을 가져라

프랑스 사회당 대통령 후보로 선출되어 세계 언론의 주목을 한 몸에 받았던 여성 정치인 마리 세골렌 루아얄Marie-Ségolène Royal!

그녀는 여성성을 바탕으로 강력한 개혁을 추구해 온 뜨거운 열정을 지닌 파워풀한 여성이다. 그녀는 대통령 후보 경선에서 도미니크 스트로스칸 전 재무부 장관과 로랑 파비위스 전 총리 등 쟁쟁한 남성 경쟁자들을 압도적인 표 차로 물리치고, 당당하게 사회당 대통령 후보를 꿰차며 프랑스의 새로운 희망으로 등장했다. 프랑스 젊은이들은 그녀에게 열광했고, 특히 그녀는 젊은 여성들에게 희망의 아이콘이었다.

루아얄은 8남매 중 넷째로 태어나 엘리트 코스인 국립행정학교

(ENA)를 졸업하고 공무원으로 근무하였다.

그러나 그녀는 하루 종일 자리에 앉아 사무 보는 일에 만족할 수 없었다. 그녀에게는 뭔가 새로운 일이 필요했다. 그녀의 가슴속에 뜨겁게 흐르는 꿈을 실현시키기엔 공무원 자리는 너무나 작고 보잘것없었다.

"허구한 날 자리만 지키는 일은 내게 너무 무의미해. 무언가 새로운 것을 찾아야 한다. 이렇게 보내기엔 내 인생이 너무 초라해. 더 나은 나를 찾아야 해. 지금 이 순간이 내 인생의 전환점이 되어야 한다."

매사에 똑 부러지고 똑똑한 그녀는 많은 고민과 생각 끝에 자신이 진정 가야 할 길을 찾게 되었는데, 그것은 바로 프랑수아 미테랑 대통령의 특별보좌관으로 정계에 입문하는 일이었다. 그녀는 자신의 새로운 계획을 위해 틈틈이 기회의 문을 두드렸다. 한 번 해서 안 되면 두 번을, 두 번 해서도 안 되면 세 번을, 그렇게 그녀는 찾고 또 찾았다. 열심히 찾고 두드리는 자에게 문은 열리는 법이다.

드디어 1982년, 그녀는 자신의 뜻대로 프랑수아 미테랑 대통령의 특별보좌관이 되었다. 그리고 거기서도 만족할 수 없었던 그녀는 또다시 기회의 문을 두드린 끝에 1988년, 의회로 진출하는 데 성공하였다. 또 그로부터 4년 후인 1992년엔 환경부장관에 오르는 놀라운 능력을 발휘하였다.

루아얄은 개혁적 상상력으로 자신의 정치 역량을 펼쳐나가며, 프랑스 국민들에게 여성 정치인의 섬세함과 평화적인 이미지를 굳히는 데 성공하였다.

그녀의 개성적인 인생관과 개혁적 성향을 잘 알게 해주는 예를 보자.

그녀에겐 네 명의 자식이 있지만 결혼은 하지 않은 채로 국립행정학교 동창인 프랑수아 올랑드 사회당 전 당수와 25년간 동거를 했다. 우리나라 사람들이 볼 땐 이해가 잘 되지 않는 일이지만, 그녀의 개성적인 인생관을 잘 보여준다.

루아얄의 개혁적 성향을 잘 알게 해주는 또 다른 예가 있다. 그녀는, "너무나 많은 청소년들이 성性에 대해 폐쇄적인 학교 때문에 마약과 자살을 생각하고 있다. 그러므로 학교는 관용과 보살핌의 장소가 되어야 한다."고 강조하고, 고등학교와 대학교를 대상으로 '보살핌과 윤리'를 강화하기 위한 '사랑의 행복' 프로그램을 만들어 보급한 일은 너무도 유명한 일이다.

청소년들과 대학생들의 성 취향까지 생각하는 개혁적 성향은 그녀의 진보적인 삶의 가치관을 잘 드러낸다고 하겠다. 이 두 가지 예를 보더라도 루아얄의 남다른 개혁적 성향을 잘 알 수 있을 것이다.

자신의 꿈을 이루기 위해 자신에게 철저하고, 자신의 일에 불 같은 열정으로 매진해온 루아얄!

그녀는 자신이 한번 마음먹은 일은 그 어떤 것도 소홀히 하지 않았고, 완전히 그 일에 올인하였다. 그녀가 일에 미쳐 있을 땐 광기가 흐를 정도였다고 한다. 그녀의 절대적 악바리 근성이 그녀를 프랑스 대통령 후보에까지 이르게 하였던 것이다.

 ## 미치도록 미쳐라

대개의 여성들이 원대한 꿈을 갖고 있으면서도 그것을 이루지 못하는 가장 큰 요인은, 자신이 하는 일에 강렬한 확신이 없기 때문이다. 그저 조금 해보다 안 되면 남의 일처럼 손을 놓아버리고 만다. 그러니 무슨 일인들 제대로 해낼 수 있을까.

꿈을 환상으로 생각하면 환상으로만 끝나지만, 현실로 여기면 반드시 현실이 된다. 그런데 이러한 보편적인 생각도 지키지 못하는 여성들이 많다. 이런 생각이 꿈의 발목을 잡고, 더 이상 앞으로 나아가지 못하게 하는 것이다.

꿈의 발목을 잡히지 않고 나아가기 위해서는 어떻게 해야 할까?

첫째, 꿈을 반드시 현실로 만드는 일에 자신을 걸고 실행해야 한다. 실행이 따르지 않는 성공은 없다.

　둘째, 자신의 롤 모델을 정하고 그 특징을 정확히 파악해서 실천 사항을 만들어라. 그리고 그에 맞게 행동하라.

　셋째, 자신이 하는 일에 확신을 가져라. 확신을 갖지 못하면 헛수고로 끝나고 만다.

　자신의 인생은 자신의 것이다. 어느 누구도 자신의 인생을 대신해주지 않는다. 자신의 인생을 즐기며 살고 싶다면 자신이 하는 일에 미치도록 미쳐라. 자신의 일에 미칠 줄 아는 사람만이 인생을 가치 있게 즐길 자격이 있다.

마리 세골렌 루아얄의 **성공 Tip**

1. 한번 마음먹은 일은 절대 포기하지 않았다.

2. 개성적인 인생관을 가졌다.

3. 매사에 분명하고 똑 부러지게 행동했다.

4. 미치도록 자신의 일을 사랑했다.

5. 기회 포착에 능했다.

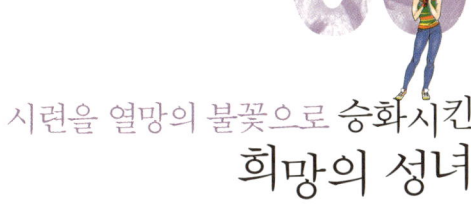

시련을 열망의 불꽃으로 **승화시킨**
희망의 성녀

오프라 윈프리 Oprah Winfrey

 ## 시련은 성공의 씨앗

사람들이 살아가면서 맞닥뜨리고 싶지 않은 것이 시련이다. 시련 없이 살아가면 더없이 좋겠지만, 그럴 수 없는 게 또한 인간의 삶이다. 살다 보면 크든 작든 누구나 시련을 겪는다. 그런데 시련은 어떤 사람에게는 긍정적으로 작용하고, 어떤 사람에게는 부정적으로 작용한다.

긍정적으로 작용하는 경우는 시련을 시련으로만 여기지 않고 적극적으로 받아들임으로써 지금보다 나은 길을 찾는 성공 요인으로 삼기 때문이다. 이런 적극적인 마인드를 갖게 되면 시련은 두려운 존재가 아니라 지금보다 나은 길로 가는 징검다리로 여기게 될 것이다.

하지만 시련을 두려운 것, 또는 아픔으로 여긴다면 고통만 따르게 된다. 그래서 이런 마인드를 가진 사람은 더 나은 길로 나아가는 데 큰 제약을 받는다.

시련을 두려워하지 않으려면 적극적인 마인드를 길러야 한다. 그 방법으로는,

첫째, 시련을 아무렇지도 않게 받아들이는 담담한 마인드를 길러라. 담담한 마인드는 시련을 두려워하지 않는다.

둘째, 시련을 극복하고 성공한 사람들에 관한 이야기를 듣고, 책을 읽으며 능동적인 마인드를 길러라. 능동적인 마인드를 갖게 되면 웬만한 시련은 쉽게 극복하게 된다.

셋째, 시련을 이길 수 있는 힘은 희망을 잃지 않는 것이다. 어떤 시련이 오더라도 희망의 끈을 놓지 말고 기도하라.

시련을 두려워하는 사람에게 시련은 두려운 존재이지만, 아무 것도 아닌 것으로 받아들이는 사람에겐 훌륭한 성공의 씨앗이 될 수 있다.

시련을 희망의 꽃밭으로 만들다

미국에서 가장 성공한 흑인 여성의 대명사 오프라 윈프리Oprah Winfrey!

그녀는 웃음과 감동을 주는 토크쇼 <오프라 윈프리 쇼>의 진행자로 유명하다. 또한 그녀는 엄청난 부와 명성을 한 몸에 지니고 있어 미국인들의 존경과 부러움을 사고 있다. 이런 그녀도 어린 시절엔 지독한 가난의 굴레에서 자유롭지 못했다.

그녀는 철없는 10대 미혼 부모 사이에서 태어났다. 때문에 부모 손에서 행복하게 자란다는 것은 그녀에겐 꿈에 불과했다.

부모가 그녀를 놔둔 채 고향을 떠나 엄한 할아버지와 할머니 슬하에서 어린 시절을 보낼 수밖에 없었다. 그러다가 어머니가 살고 있는 밀워키로 이사했지만, 여전히 가난은 진드기처럼 그녀를 놓아주지 않았다. 그리고 불의한 일을 당해 14세, 어린 나이에 아기를 낳았지만 곧 죽고 말았다.

어린 그녀에겐 하나에서부터 열까지 모든 것이 시련이었고, 눈물이었고, 아픔이었다. 어느 것 하나 그녀를 행복하게 하는 것은 없었다.

그러나 그녀는 절망하지 않았다. 모든 것을 받아들이며 자신의 새로운 인생을 위해, 새로운 모색을 위해 탐구하고 노력했다. 그렇게 해서 새롭게 시작한 일이 라디오 방송국 일이었다. 그녀는 거기에 만족하지 않고 자신의 꿈을 이루기 위해 대학 졸업도 미루고 다시 TV 뉴스를 맡아 최선을 다했다. 그러면서 차츰 그녀는 사람들에게 알려지기 시작했다. 그러자 그녀에게 새로운 기회가 찾아왔다. TV 토크쇼를 진행하게 된 것이다.

오프라 윈프리의 토크쇼는 시카고에서 단번에 시청률을 높이며 시청자들의 눈길을 사로잡았다. 이전과는 다른 새로운 구성과 화법에서 오는 그녀만의 독특한 개성이 먹혀들었던 것이다.

하지만 그런 가운데에서도 시련은 있었다. 저속한 내용을 다루었다는 비판을 받기도 했고, 대리모를 사칭한 여성의 출연으로 비난을 받기도 했다. 이러한 일은 공정성과 공익성을 최우선으로 하는 방송에서는 있을 수 없는 일이었다. 그것은 시청자들을 기만하는 일이며, 신뢰를 깨는 일이므로 방송인에게는 치명적인 일이다.

그러나 오프라 윈프리는 게스트에 대한 따뜻한 관심과 배려로 시청자들의 공감을 샀고, 그녀의 인간적인 면모에 힘입어 그녀의 인기는 급상승했다. 마침내 그녀의 토크쇼는 미국인이면 누구나 즐겨 보는 인기 프로그램이 되었고, 그녀는 약자를 위한 대변과 노력으로 자신의 의지를 하나씩 펼쳐 보이며, 미국 국민들의 존경을 한 몸에 받았다.

그 일례로 오프라 윈프리는 1998년 실시한 조사에서 미국에서 가장 영향력 있는 여성으로 힐러리 클린턴에 이어 2위에 뽑혔다.

그리고 미디어 기업, <포브스>가 연예인과 스포츠 스타, 작가, 영화감독 등의 소득과 명성을 기초로 선정한 2007년, 2008년 '세계의 가장 영향력 있는 유명인사 100인'에 연이어 1위를 차지하였다.

오프라 윈프리는 단순한 엔터테이너가 아니다. 그녀는 피부 색과 국경을 뛰어넘은, 모든 여성들의 꿈의 대상이며 실체이다.

그녀가 진행하는 <오프라 윈프리 쇼>는 2002년까지 에이미상을 30회나 수상하는 영예를 안았다. 또한 그녀는 영화 <컬러 퍼플>에 출연하여 골든글러브상을 수상하고, 미국 아카데미 시상식에서 여우조연상을 수상했다.

그녀가 이룬 이 놀라운 결과는 그녀의 땀과 신념, 그리고 용기와 믿음이 이루어낸 향기로운 결실이다.

오프라 윈프리는 그런 공로를 인정받아 워싱턴의 흑인 대학인 하워드대학으로부터 명예박사 학위를 받았다. 이 자리에서 그녀는, "인생에서 많은 상을 받았지만, 자기 자신에게 존중받는 것 이상의 상은 없다. 본래 자신의 모습을 파는 노예가 되지 말아야 한다."고 말했다.

그녀의 말이 끝나자 2,200명의 졸업생과 행사장을 가득 메운 축하객 3만 명으로부터 아낌없는 박수가 터졌다.

모든 것을 다 이룬 것 같은 그녀는 또 하나의 꿈을 진행하고 있

다. 그것은 자기 이름을 내건 '오프라윈프리네트워크(OWN)' 케이
블 방송을 출범시키는 일이다. 그녀는 수많은 시련을 겪었지만 그
시련을 열망의 불꽃으로 승화시킨 희망의 성녀이다.

누구나 인생의 주인공이 될 수 있다

지금 우리는 과거 어느 때보다 물질의 풍요로움을 누리는 시대
에 살고 있지만, 삶은 오히려 더 각박하고 힘들어졌다. 대학을 나
와도 일할 곳이 없어 20대 여성들의 여린 가슴을 더욱 무겁게 한
다. 그 모습을 보면 나도 모르게 코끝이 찡해지곤 한다.

아무리 어려워도 절망하거나 포기하지 마라. 아무리 절박한 상
황에서도 인생의 주인공이 될 수 있다. 오프라 윈프리는 온몸으로
그것을 보여주지 않았던가!

인간이란 연약한 것 같아도 가장 강한 존재이다. 신은 우리 인간
에게 연약함과 강함을 동시에 갖게 했다. 그 까닭은 그를 통해 삶
의 진실을 알게 하기 위해서다.

그런데 시련과 어려움이 따른다고 해서 무엇이 문제가 될 수 있
을까? 조금 힘들거나 많이 힘들 수는 있어도, 내가 살기 위해서는
반드시 이겨내야 한다. 어려움을 이겨내면 인생의 승리자로서 행
복한 미소를 짓겠지만, 그렇지 못하면 인생의 패배자가 되어 슬픔
을 안고 살아가게 될 것이다.

오프라 윈프리의 **성공 Tip**

1. 시련 앞에서도 흔들림 없는 강한 마음으로 시련을 이겨냈다.

2. 자아실현에 집중하는 열정을 지녔다.

3. 주어진 일에 최선을 다해 성공을 향해 한 단계씩 오를 수 있었다.

4. 낙관적인 인생관으로 어려움을 이겨내고 승리자가 되었다.

진정한 자아를 실현한 연기파 배우

소피아 로렌 Sophia Loren

가난하지만 꿈은 크게 가져라

가난하다고 해서 꿈까지 가난해서는 안 된다. 가난할수록 꿈을 크게 가져야 한다. 그래야 가난을 극복하려는 의지가 강해진다. 의지가 강해지면 해내지 못할 것 같은 일도 능히 해내게 된다.

왜일까? 의지는 곧 극복의 에너지이기 때문이다. 극복의 에너지인 의지를 품고, 최선을 다한다면 그 어떤 일도 두렵지 않게 된다.

스스로 의지가 나약하다고 생각된다면 의지력을 길러야 한다. 나약한 의지로는 그 어떤 일도 명쾌하게 해낼 수 없다.

의지력을 기르기 위해서는,

첫째, 일정한 시간 동안 마음을 다스리는 명상의 시간을 가져라. 혼자만의 명상의 시간을 갖다 보면 자아를 깨닫게 됨으로써 의지력을 기를 수 있다.

둘째, 꾸준히 운동을 하며 마음을 강하게 단련시켜라. 마음이 강해지면 의지 역시 강해진다.

셋째, 자신의 정서에 맞는 종교를 갖는 것 역시 의지를 강하게 한다. 종교를 통한 마음의 수련은 그 무엇보다 강한 의지를 갖게 한다.

가난한 사람이 의지까지 약하다면 세상 살아가기가 무척이나 힘이 든다. 그런데 이런 평범한 사실을 알고도 게을러서 실행하지 못한다면 그것은 온전히 자신의 책임이다. 그런 우를 범하는 어리석음으로부터 벗어나 자신을 최선으로 사랑하고 존중하라.

이것이야말로 가난을 이겨내고 꿈을 키우는 최적의 조건이다.

 ## 자신의 일을 사랑하라

연기파 배우의 롤 모델 소피아 로렌Sophia Loren!

영화 〈두 여인〉으로 아카데미 시상식과 칸영화제에서 여우주연상을 수상한 이탈리아 출생의 영화배우. 그녀의 이름만 떠올려도 가슴이 두근거린다는 사람들이 지금도 많은 걸 보면 확실히 그녀는 최고의 배우이다.

소피아 로렌은 이탈리아에서 태어나 가난한 어린 시절을 보내며 꿈을 키웠다. 그녀의 생활은 가난했지만 그녀의 꿈은 언제나

푸르게 빛났다.

"나는 이렇게 살 수 없어. 진정한 나를 이루어야 해. 그것이 나의 소망이며 내가 반드시 해야 할 일이야."

그녀는 꿈을 품고 언제나 자신에게 열정을 불어넣었다. 뜨거운 열정이 그녀의 가슴을 타고 흐를 땐, 금방이라도 배우가 된 것처럼 가슴이 벅차올랐다. 그녀의 가슴엔 언제나 배우의 열망이 백합처럼 피어 있었다.

그녀는 자신의 꿈을 이루기 위해 미인 대회인 '바다의 여왕' 콘테스트에 출전해 2등으로 뽑혔다. 그리고 더 큰 무대로 나가기 위해 로마로 진출하였다.

로마로 진출한 그녀는 각고의 노력 끝에 영화에 출연하는 행운을 맞았다. 행운 역시 노력에서 오는 것이므로.

그 결과 그녀는 머빈 르로이 감독의 영화 〈쿼바디스〉에 엑스트라로 출연하게 된다. 비록 엑스트라였지만 그녀는 최선을 다했다. 최선을 다하는 그녀의 열정만큼은 주연배우 못지않았다. 하지만 그녀에게 좀처럼 좋은 배역이 들어오지 않았다.

"나도 배역다운 배역을 맡고 싶어. 그런데 왜 내겐 그런 역이 주어지지 않을까? 정녕, 이 길이 내 길이 아니란 말인가?"

그녀는 의기소침해 이렇게 말 하다가도, "아냐, 아직도 내 연기가 부족한 탓이야. 열정이 모자란 탓일 거야. 그렇다면 더 열심히 하는 거야. 내 몸이 쓰러지는 한이 있더라도……." 하고 새롭게 다짐하며 자신을 추스르곤 했다.

그후에도 그녀에게 맡겨진 역은 엑스트라가 대부분이었다. 그러나 그녀는 결코 포기하지 않았다. 자신의 혹독한 운명에 맞서, 입술을 깨물고 눈물을 삼키며 독하게 버텼다. 오직 자신의 꿈을 위해 열정만을 불태우고 불태웠다.

그 어떤 일이든 노력 끝에는 반드시 기회가 오는 법이다. 드디어 그녀의 운명을 바꿀 절호의 기회가 찾아왔다.

야성적인 에로티시즘 영화인 <하녀>에 출연하면서 그녀의 연기는 빛을 발하며 널리 이름이 알려져, 세계 영화의 본고장이라는 할리우드에 진출하게 되었다. 이때부터 그녀의 영화 인생은 빛을 뿜어대기 시작했다.

그녀는 <흑란>이란 영화로 베니스영화제에서 최우수여우상을 수상하고, 그 뒤를 이어 <두 여인> 이란 영화로 아카데미 시상식과 칸영화제에서 여우주연상을 수상하는 놀라운 쾌거를 이루어 냈다.

마침내 그녀는 최고의 영화배우가 된 것이다.

소피아 로렌은 자신의 꿈을 실현시키기 위해 수많은 단역을 맡으면서도 좌절하지 않았고, 그 어떤 역경 속에서도 희망의 끈을 놓지 않았다.

그녀는 가난하게 태어났지만 그녀의 꿈은 언제나 부자였고, 희망은 푸르게 빛난다는 것을 한시도 잊지 않고 노력한 열성적 연기파 배우였다.

최선을 다하는 삶이 가장 아름답다

최선을 다하는 사람의 모습은 꽃보다 아름답다. 그래서 그런 사람을 보면 기분이 좋아진다. 그리고 도와주고 싶은 마음이 생긴다. 사실 성공한 사람들 중 상당수는 주변의 도움을 받은 경험이 있다. 그것이 계기가 되어 성공할 수 있었다는 얘기다.

소피아 로렌 역시 최선을 다한 끝에 기회를 얻었고, 그 기회를 잘 살려 세계 영화사에 영원히 남는 여배우가 되었다.

그저 오는 기쁨은 없다. 또 그저 이루어지는 성공도 없다. 막연히 성공이 찾아오고 기쁨이 찾아오길 기다리지 마라. 그것처럼 비애에 젖게 하는 일 또한 없으니까.

작든 크든 어떤 결과를 얻으려면 실행하라. 실행할 때만 그 어떤 결과물을 얻게 되는 것이 삶의 법칙이다.

🔑 소피아 로렌의 성공 Tip

1. 가난을 성공의 디딤돌로 삼았다. 가난을 극복하고자 하는 적극적인 의지가 그녀를 강하게 만들었다.

2. 단역이라 할지라도 최선을 다해 연기했다. 최선을 다하는 그녀의 노력이 단역배우를 최고의 여배우로 만들었다.

3. 꿈을 크게 가졌다. 그 결과 그녀의 꿈대로 그녀의 인생은 활짝 피어났다.

4. 행운도 노력에서 온다. 그녀의 행운은 온전히 노력의 결과였다.

영원한 마이 웨이

제인 구달 Jane Goodall

 ## 나만의 길을 걸어가라

자아를 실현하고 진정한 기쁨과 행복을 얻고 싶다면 나만의 길을 걸어가는 것이 좋다. 한 우물을 파라는 말이 있듯이 자신이 진정으로 원하는 일은 끝까지 해보는 것이 좋다. 그래야 아쉬움이 남지 않는다. 아쉬움이 남는 일은 두고두고 마음을 저리게 한다.

그런데 한 길을 걷다 보면 때론 조바심이 나고 초조할 때가 있다. 자신이 원하는 대로 일이 잘 되지 않을 때이다. 이럴 때가 가장 혼란스럽다. 이 일을 계속해도 되는지, 아니면 여기서 그만두어야 하는지 생각이 끝도 없이 마음을 괴롭히기 때문이다.

하지만 분명한 것은 자신이 진정으로 그 일을 해야겠다면 하라는 것이다. 자신이 정말 원해서 하는 일이라면 성공을 못하더라도 아쉬움은 남지 않으니까.

우리가 부러워하는 이들 중 상당수는 이런 마음의 갈등과 싸우면서 자신의 길을 걸었다. 갈등 없이 걸어간 길은 별로 없다. 아니, 없다고  보는 것이 더 옳다. 인생을 살아가는 데 어떻게 갈등이 없을 수 있단 말인가! 인간이란 갈등을 하면서, 그리고 갈등을 극복하면서 살아가는 존재다. 그것은 인간만이 갖는 특징이며, 그런 과정을 거쳐 이뤄낸 일이 더 가치를 인정받고 빛을 뿜어낸다.

왜일까? 인간이란 생각의 동물이고 무한한 상상력을 지닌 존재이기 때문이다. 그런데 갈등 없이 산다면 그것은 로봇과 다를 바가 없다.

갈등을 피하려 하지 말고 갈등과 맞서라. 그래야 삶의 진정성을 알게 되고, 행복해하는 자신을 발견하게 될 것이다.

특히 남들이 망설이는 길을 걸어간다는 것은 더더욱 어렵다. 그 길은 고독의 길이고, 때론 눈물의 길이다. 하지만 자신이 꼭 그 길을 걸어가기를 원한다면 그 길을 가라.

그것이 참 길이며 후회 없이 사는 길이다.

☕ 한 번 시작한 일은 끝까지 가라

'침팬지의 대모'라는 수식어로 유명한 제인 구달Jane Goodall!

그녀는 사나운 맹수가 득실거리고 갖가지 풍토병이 돌고 도는 아프리카 정글을 누비며, 죽음을 각오하고 침팬지를 연구하고 보존하는 데 일평생을 바쳤다.

그녀가 평생을 험준한 아프리카 정글을 누비며 산 이유는, 어렸을 때부터 동물을 너무나 좋아했기 때문이다. 제인 구달은 10대 때부터 자신의 꿈을 설계하고, 동물에 대한 책을 탐독하며 다양한 지식을 길렀다.

다양한 지식을 쌓으며 만반의 준비를 마친 그녀는 어린 시절 가슴에 고이 품었던 꿈을 실현시키기 위해 23세 때인 1957년, 케냐로 날아갔다. 그녀는 그곳에서 고생물학자인 리키와 함께 침팬지 연구를 시작하였다.

연구는 자신이 생각했던 것보다 만만치 않았다. 하지만 그녀는 잘 참아냈다. 어느 정도 적응을 하게 된 그녀는 좀 더 깊이 있는 연구를 하기 위해 탄자니아로 갔다. 그리고 그곳 곰비국립공원에서 야생 침팬지들과 함께 지내며 본격적인 침팬지 연구에 들어갔다.

침팬지는 도구를 사용하는 영리한 유인원이지만 임팔라나 원숭이 같은 작은 동물을 잡아먹고, 팔 힘은 성인 남자의 4배가 넘는 공격성을 가진 위험한 동물이다. 그런 침팬지와 야생에서 산다는 것은 자살 행위나 마찬가지였다.

한 번은 큰 위험에 빠진 적이 있었다.

어느 날, 그녀는 정글에 들어갔다가 맹수와 맞닥뜨렸다. 급박한 순간이었다. 그렇지만 동물의 습성을 잘 아는 그녀는 위기의 순간에서도 침착성을 잃지 않았다. 아무리 사나운 맹수도 자신이 공격당하지 않는다는 걸 알면 피해 간다. 그녀는 침착하게 행동하여 죽을 고비를 가까스로 넘겼다.

그 일이 있고 나서도 연구를 하는 도중 수없이 동물의 습격을 받곤 했다. 아무리 강심장을 가진 사람도 목숨을 수시로 위협받으면 그만두는 것이 당연하다. 누구나 목숨은 단 하나뿐이지 않은가.

하지만 그녀는 달랐다. 자신이 평생을 꿈꿔 온 자아를 실현하는 일에 조금도 흔들리지 않았다. 자아실현을  위한 제인 구달의 신념은 확고했고, 40년이 넘도록 침팬지 연구에 몰입하게 했다.

제인 구달은 자신의 연구 결과를 《내 친구 야생 침팬지》《무지한 킬러들》《인간의 그늘 아래서》《곰비의 침팬지》《곰비와 함께한 40년》《내가 사랑한 침팬지》《무지를 넘어서》등의 책으로 담아냈다.

제인 구달의 빛나는 연구 업적은 전 세계인들을 감동시켰다.

'여성은 약하지만 또한 여성은 위대하다.' 는 것을 온몸으로 보여 준 제인 구달.

그녀는 침팬지 연구와 자연환경보호운동에 대한 공로를 인정받아 알베르트 슈바이처상, 교토상, 에든버러 메달, 내셔널 지오그래픽 소사이어티 하버드상을 비롯하여 벤저민 프랭클린 메달과 엘리자베스 2세로부터 작위도 받았다.

제인 구달의 위대성은 자신의 자아를 실현함은 물론 동물을 보호하는 것이 환경을 보존하는 일이며, 그것은 곧 온 인류를 위하는 일이라고 여긴 정신에 있다. 그리고 목숨을 걸고 평생을 바쳐 그 일을 해내며, 인생을 승리로 이끌어냈다는 데 있다.

자아의 실현!

이는 인생에 있어 매우 소중한 삶의 목적이자 존재의 이유이다.

🖌 인생의 참 기쁨을 누려라

'인내는 쓰나 그 열매는 달다.' 는 말이 있다.

그렇다. 어떤 일을 해내는 데 있어 인내 없이 되는 건 없다. 마음먹은 대로 일이 잘되면 하늘을 날 듯 기분이 좋지만, 일이 잘되지 않을 땐 수도 없이 포기하고 싶은 마음이 든다. 이럴 때 견디게 해 주는 것이 인내다. 인내심만 있다면 문제 될 게 없다. 하지만 인내심이 없으면 그 어느 것도 제대로 해낼 수 없다.

맹수와 위험이 도사린 아프리카에서 제인 구달이 견뎌 낼 수 있었던 가장 큰 요인은 탁월한 인내심이었다. 그녀의 인내심은 웬만한 남자들보다 강했고, 생명의 위협도 이겨내게 했다. 그랬기에 그녀는 전 세계인들로부터 존경을 받고, 여성들의 롤 모델이 되었다.

지금 이 순간 자신과의 싸움에 지쳐서 포기하고 싶은 마음을 가졌다면 마음을 다시 돌이켜라. 마음을 독하게 먹으면 못할 것도 없다. 마음이 독하지 못하기 때문에 자신을 이기지 못하는 것이다.

마음을 독하게 먹으면 없던 인내심도 생겨난다. 지금 당장 마음을 추스르고 거울 앞에 서서 자신을 들여다보라. 그리고 외쳐라.

"나도 할 수 있다! 나도 나를 이길 수 있다! 나는 나다!"

날마다 이렇게 꾸준히 반복하라. 이런 과정을 통해 내면 깊이 잠자는 새로운 자신을 끌어내야 한다. 그렇게 할 때 자신을 이기는 마음이 분출하여 독한 마음을 갖게 되고, 자신을 이겨냄으로써 인생의 참 기쁨을 누릴 수 있게 되는 것이다.

1. 10대 때부터 자신의 꿈을 철저하게 설계하였다.
2. 죽음도 두려워하지 않는 인내심으로 자신의 꿈을 차근차근 실천으로 옮겼다.
3. 자기를 극복하는 강한 마인드를 가졌다.
4. 개인의 성공이나 명예보다 인류를 위한 꿈을 설정하였다.
5. 모험 정신과 실험 정신이 투철했다.

프리마 돈나, 그 찬란한 열정

체칠리아 바르톨리 Cecilia Bartoli

 ## 가장 잘하는 것으로 목표를 정하라

자신의 길을 선택할 때 최우선적으로 생각해야 할 것은, 자신이 가장 잘하는 것으로 하라는 것이다. 자신이 잘하는 것은 재미있고, 싫증이 나지 않아 힘들어도 끝까지 하게 된다.

그런데 우리 주변엔 이런 상식을 벗어나 자신과 맞지 않는 일을 하는 사람이 의외로 많다. 이런 경우 어떤 유형이 있으며 그 양상은 어떻게 나타날까?

첫째, 환경 여건이 맞지 않는 경우다. 이런 경우 자신이 하고 싶은 일은 돈이 많이 드는데 가진 것이 없다면 그 일은 할 수 없다.

둘째, 남의 떡이 커 보여 자신과 맞지도 않는 일을 하는 경우이다. 이런 선택은 아주 위험하며 곧 후회를 한다.

셋째, 쉽게 돈 버는 일에만 마음을 둔 경우다. 예를 들어 자신의 적성과 맞지 않는 장사를 한다면 실패할 확률이 클 수밖에 없다. 넷째, 부모의 강요에 따라 어쩔 수 없이 하는 경우다. 이 경우 또한 불만족스러운 길을 가는 예가 많다.

자신의 길은 자신이 가는 것이다. 물론 부모나 주변 사람들의 조언과 간섭을 나쁘다고만은 할 수 없다. 하지만 머나먼 길을 갈 것을 생각한다면 자신에게 잘 맞는 길을 선택하는 것이 백 번 옳다.

자신의 귀중한 삶을 위해서라면 심사숙고해서 자신이 가장 잘하는 일에 올인하라.

 ### 찬란한 열정이 꿈을 이루게 한다

21세기 세계 오페라계의 대표적 선두주자인 체칠리아 바르톨리 Cecilia Bartoli!

그녀는 이탈리아 로마에서 태어났다. 그녀의 부모는 로마오페라 단원이었다. 그런 연유로 어린 시절부터 자연스럽게 음악을 접하게 되었다.

어느 날, 어린 바르톨리가 부르는 노래를 그녀의 엄마가 듣고는 감동 섞인 목소리로 말했다.

"바르톨리, 네 목소리가 아주 좋구나."

"정말요?"

"그래."

"고마워요, 엄마."

"바르톨리, 오늘부터 노래 공부를 해야겠어. 잘할 수 있겠지?"

"네, 엄마. 열심히 할게요."

"그래. 넌 잘할 수 있을 거야."

그녀의 어머니는 바르톨리가 노래에 소질을 보이자 그녀에게 노래를 가르쳤다. 어린 바르톨리는 가르쳐주는 대로 열심히 노래를 불렀고, 노래는 곧 그녀에게 꿈이 되었다.

그녀의 꿈은 매우 야무졌다. 어머니, 아버지처럼 평범한 오페라 가수가 아니라 세계 무대에서 인정받는 최고의 오페라 가수가 되는 것이었다.

바르톨리는 자신의 꿈을 이루기 위해 희망이란 엔진을 장착하고 차근차근 실행해 나갔다. 하루도 쉬지 않고 노래를 불렀다. 노래를 하지 않으면 견딜 수 없었다. 노래를 쉬면 그만큼 뒤처진다고 생각했다. 이렇듯 꾸준한 노력으로 그녀의 목소리는 한층 깊어지고 듣는 이들의 가슴을 울렸다.

참고 견디는 사람에게 희망은 찾아오는 법. 드디어 바르톨리에게 기회가 왔다.

그녀 나이 19세 때인 1985년, 그녀는 바리톤 레오 누치와 함께 텔레비전 쇼에서 노래를 부르게 되었다. 바르톨리에겐 더 없는 좋은 기회였다. 그녀는 혼신을 다해 노래를 불렀고, 혼이 담긴 노래는 많은 사람들에게 감동을 주었다.

그로 인해 그녀는 오페라 가수로서의 충분한 가능성을 인정받게 되었다. 특히 헤르베르트 폰 카라얀이나 다니엘 바렌보임과 같은, 세계적인 지휘자들로부터 주목을 받았다.

바르톨리는 오페라 작곡가인 로시니가 작곡한 <세비야의 이발사>의 로시나와 <라 체네렌톨라>의 타이틀 롤과 모차르트의 <피가로 결혼>의 케루비노와 <코시 판 투테>의 도라벨라의 역을 맡아 열연했다.

그녀는 메조소프라노임에도 불구하고 소프라노가 맡는 역인 모차르트의 <돈 조반니>의 체를리나와 <코시 판 투테>의 데스피나도 맡아 자신의 실력을 유감없이 보여주었다. 바르톨리가 부른 노래는 크게 히트하면서 그녀를 세계적인 오페라 가수로 우뚝 서게 했다.

여기서 한 가지 주목할 것은 바르톨리는 노래만 잘한 것이 아니라는 것이다. 준비가 갖추어져야만 새로운 역을 맡는 책임감과 매 시즌마다 출연 횟수를 제한하여 자신을 관리하였다. 즉, 자신의 가치를 스스로 높일 줄 알았던 것이다. 이 일은 그녀를 자기 관리에도 뛰어난 가수로 정평이 나게 만들었다. 그만큼 그녀는 자신에게 철저했다.

바르톨리가 세계적인 오페라 가수로 성공한 것은 타고난 재능에 끊임없는 노력, 그리고 자기 관리로 자신의 진가를 드높였기 때문이다.

🧡 사람은 누구나 소중한 존재다

누구를 막론하고 사람은 소중한 존재다. 그런데 자신을 함부로 여기는 사람이 의외로 많다.

"내 주제에 어떻게 그런 걸 할 수 있겠어." 또는, "나는 내가 생각해도 한심한 존재야."라며 비관적으로 말하곤 한다. 이것은 스스로를 짓밟아 버리는 행위이다.

자신을 스스로 높이고 떠받치면 존귀한 사람이 된다. 그러나 자신을 스스로 깎아내리면 하찮고 보잘것없는 사람이 된다. 나는 이런 경우를 참 많이 보았다. 그러면 자신을 높이고 떠받치는 사람이 잘 되는 이유는 무엇이고, 자신을 함부로 대하는 사람이 보잘것없이 사는 이유는 무엇일까?

첫째, 자신을 소중히 여기는 사람은 어떤 일을 함에 있어 최선을 다한다. 또한 그 어떤 것 하나라도 소홀히 하지 않는다.

왜 그럴까? 그래야 자신이 잘 된다고 믿기 때문이다. 이런 믿음이 스스로를 잘되게 하는 것이다.

둘째, 자신을 하찮게 여기는 사람은 어떤 일을 하는 데 있어 대충대충 하는 경향이 많다. 그리고 매사에 신중성이 없다. 이렇게 자신을 함부로 대하니 잘될 까닭이 없다.

잘된 삶을 살고 싶다면 바르톨리가 그랬듯이 자신을 소중히 여기고 스스로 높이며 살아야 한다. 한 가지 주의할 것은 이것은 어디까지나 자기 내면의 이야기라는 사실을 잊어서는 안 된다.

체칠리아 바르톨리의 **성공 Tip**

1. 타고난 재능에 더하여 피나는 노력을 아끼지 않았다. 한마디로 찬란한 열정의 소유자다.

2. 철저한 자기 관리로 자신의 가치를 한껏 높였다.

3. 자신을 사랑하고 소중히 여기는 긍정적인 마인드를 가졌다.

냉철하고 예리한 외교의 권력

콘돌리자 라이스 Condoleezza Rice

 뜻을 세우고 과정은 확실하게

뜻이 아무리 좋아도 과정이 없다면 좋은 결과를 얻을 수 없다. 좋은 결과를 얻으려면 뜻이 좋아야 하고, 과정을 확실하게 해야 한다. 여기서 뜻이란 어떤 일에 있어 의미와 목표를 말하고, 과정은 그 일에 대한 하나하나의 처리를 말한다.

요즘 취업이 안 되고 어렵다 보니 의욕을 잃은 20대 여성들이 많다. 그래서 어떤 여성들은 '결혼이나 해야 할까봐!' 라고 푸념처럼 말하곤 한다. 그리고 체념처럼 결혼을 하는 20대도 있다.

하지만 이런 결혼은 하나의 도피에 불과하다. 아무리 현실의 어려움을 피하기 위한 수단이라고 해도 마음이 개운하지 않은 것은 어쩔 수 없다.

흔히 하는 말로 '골키퍼 있다고 골이 안 들어가냐?'는 말이 있다. 그렇다. 어떻게 공을 차느냐, 어떤 각도에서 차느냐에 따라서 골키퍼가 있어도 골은 들어간다.

아무리 현실이 어려워도 그 나름대로의 길을 찾아야 한다. 찾다 보면 길이 보인다. 그 길이 자신이 원하는 만큼 눈에 차지 않더라도 능동적으로 대처해 나가는 것이 좋다. 그러면 그 일을 하는 과정에서 기회를 찾을 수도 있다. 살다 보면 그런 경우가 참 많다. 그러니까 눈에 차지 않는 길도 나아가야 할 땐 나아가라는 말이다.

가슴에 세운 뜻을 스스로 무너뜨리지 않는 한, 그리고 주어진 일에 최선을 다하는 한 기회는 반드시 오게 돼 있다. 이를 잊지 말고 반드시 실행하라. 그러면 기회를 얻게 될 것이다.

인정받을 만큼 실력을 쌓아라

조지 W. 부시 미국 대통령 재임 시 두 번째 국무장관을 역임한 콘돌리자 라이스Condoleezza Rice!

까만 피부, 흐트러짐 없는 자세, 예리하고 냉철해 보이는 눈, 반듯한 걸음걸이는 보는 사람들에게 함부로 범접할 수 없는 강한 이미지로 다가온다. 그리고 실제에 있어서도 냉철하고 확실한 태도로 외교 활동을 벌인 그녀.

그녀는 강한 미국을 표방했던 부시 대통령의 의중을 실행으로 옮긴 여장부였다. 한마디로 똑소리 나는 그녀는 목사였던 아버지와 음악 교사였던 어머니의 영향을 받아, 신중하면서도 부드럽고 배려 있는 자세로 상대방에게 믿음을 주었다.

그러한 그녀의 삶과 행동은 그녀를 아는 사람들에게 강한 믿음을 주었고, 그녀 자신의 존재를 알리는 데 큰 역할을 했다.

그녀의 이름에 관한 이야기를 해야겠다.

그녀의 이름 '콘돌리자Condoleezza'는 음악과 관련된 이탈리아어 표현인 'Con dolcezza'로 '부드럽게 연주하라'는 뜻이다. 그녀의 부모가 이런 이름을 지어준 것은 그녀가 부드럽고 아름다운 여성으로 행복하게 살았으면 하는 바람에서였다.

그녀는 부모의 바람대로 부드럽지만 야무지게 자신의 인생을 개척해 나갔다. 그녀는 덴버대학교 대학원에서 정치학 박사 학위를 받았다. 그리고 최연소이자 흑인 여성으로는 최초로 스탠퍼드대학교 부총장(1993~1999)을 지냈으며, 조지 W. 부시 대통령 전임 임기 때 안보보좌관(2001~2005)을 지내는 등 탁월한 영향력을 발휘하였다.

그녀가 이토록 뛰어난 능력을 발휘할 수 있었던 것은 자신의 일에 최선을 다하는 열정이 있었기 때문이다. 그녀는 자신이 해야겠다고 마음먹은 일은 어떤 일이 있어도 반드시 해냈다. 그리고 자신이 하는 일에 대한 믿음이 분명했고, 예리한 통찰력과 판단력을 지녔으며, 어떤 상황에서도 흔들리지 않는 강한 집중력과 두둑한 배짱이 있었다.

그리고 무엇보다 중요한 것은 자기만의 철학이 뚜렷했다. 철학이 뚜렷한 사람은 마치 큰 느티나무와 같아서, 느티나무가 웬만한 태풍에도 쓰러지지 않는 것처럼 그 어떤 일에도 꿋꿋이 버텨내는 강한 강단이 있다. 또한 그녀는 다양한 분야에 걸쳐 폭넓은 지식과 실력을 갖추고 있었다.

조지 W. 부시가 콘돌리자를 안보보좌관과 국무장관이라는 막중한 자리에 앉힌 것을 보더라도 그녀의 능력이 얼마나 출중했는지를 알 수 있다.

자신의 철학을 가져라

자신만의 철학을 가져야 한다. 철학이 분명한 사람은 자아에 대한 의식이 높고, 가치관이 뚜렷하다. 그런데 자신의 철학이 없는 20대 여성들이 많은 것 같다.

언젠가 텔레비전에서 <미녀들의 수다>라는 프로그램을 본 적이 있다. 그때 한국 여대생들과 외국 여성들의 뚜렷한 철학과 가치관을 보고, 우리나라 여대생들에게 크게 실망하였다. 물론 출연한 몇 몇 여대생들의 관점이기는 하지만.

그때 모 대학 여대생의 말은 경악 그 자체였다. 남자는 키가 180센티미터는 넘어야 하고, 연봉은 4천~5천만 원 이상이어야 한다고 운운하면서 대한민국 남성들을 한없이 초라하게 만들었다. 그 일은 대한민국 남성들과 네티즌들을 분노하게 했고, 한동안 이슈가 될 만큼 파문이 컸다.

이에 비해 외국 여성들의 생각은 너무도 소박하고 순수했다. 한 외국 여성은 진정으로 사랑한다면 단칸방에서도 결혼 생활을 시작할 수 있다고 했다. 그 말은 외국 여성에 대한 편견을 깨뜨릴 만큼 감동을 자아냈다.

왜 이렇듯 생각의 차이가 나는 걸까?

그것은 삶에 대한 가치관과 철학의 문제다. 진정성이 없고 자신의 철학이 없이 눈에 보이는 것, 즉 외형적인 것에만 관심이 집중되어 있기 때문이다. 이런 삶은 가식과 허례허식만 가득하다. 그러므로 삶의 참 가치는 물론 참 행복도 알지 못한다.

자신의 인생을 가치 있고 보람 있게 살아가려면 자신만의 철학을 가져라. 철학이 있고, 가치관이 뚜렷한 여성이 진정으로 아름다운 여성이다.

콘돌리자 라이스의 **성공 Tip**

1. 자신만의 철학이 뚜렷했다.

2. 삶의 가치관이 분명하고 강한 집념을 가졌다.

3. 냉철한 세계관과 역사관, 뛰어난 설득력, 그리고 부드러운 카리스마를 가졌다.

4. 어떤 상황에서도 흔들리지 않는 강한 집중력과 두둑한 배짱이 있었다.

5. 자신이 하는 일에 믿음을 갖고 열정을 쏟아부었다.

철의 여인, 그 우뚝한 여성성
마거릿 대처 Margaret Hilda Thatcher

 리더십을 길러라

지금은 여성의 역할이 그 어느 때보다 중요한 시대이다. 양성 평등이라는 용어가 널리 쓰이고, 사회 각 분야에서 여성들의 진출이 부쩍 늘었다. 그로 인해 여성의 입김은 날로 높아만 간다.

초등학교의 경우 교사의 70%가 여성이고, 여성 교장선생도 하루가 다르게 늘어가고 있다. 또한 사법고시 등 각종 국가고시에 합격하는 여성의 수가 남성의 수를 앞질렀다. 2010년도에는 대학 진학률도 처음으로 남성을 앞질렀다.

여성 CEO들도 하루가 다르게 늘어가고, 여성 이사, 여성 팀장 등 임원 및 중간 관리자들도 날로 급증하고 있다. 이렇듯 여성들이 다양한 분야에서 자신의 능력을 발휘해 약진을 거듭하고 있다.

이러한 때에 여성이 갖추어야 할 여러 요건 중 리더십의 중요성을 들 수 있다. 리더십은 리더로서 갖추어야 할 지도력을 말한다. 정부든 단체든 기업이든 작은 사업체든, 어디서나 필요한 것이 리더십이다. 리더십이 좋은 사람은 여러 사람을 잘 이끌어 일을 성공적으로 이뤄낼 확률이 높기 때문에 성공의 중요한 자질이다.

리더십을 기르기 위해서는,

첫째, 너그럽게 이해하는 관용의 마음을 가져야 한다.

둘째, 양보하고 배려하는 마음을 가져야 한다.

셋째, 풍부한 상식과 유머를 가져야 한다.

넷째, 위기를 극복할 수 있는 대처 능력을 길러야 한다.

다섯째, 조직을 장악할 수 있는 능력과 담대한 마음을 가져야 한다.

여섯째, 협상에서 밀리지 않는 논리력을 길러야 한다.

오늘날 리더십은 어떤 특정인에게만 필요한 것이 아니라 누구나 갖춰야 할 하나의 키워드이다.

철의 여인, 그 위대성

영국의 역대 수상 가운데 3선 연임을 한 마거릿 대처Margaret Hilda Thatcher 수상.

그녀는 옥스퍼드대학 서머빌칼리지를 졸업하고, 1953년 변호사 자격을 취득하였다. 그리고 1959년 보수당 소속으로 하원의원에 당선되었다.

1961년부터 1964년까지 연금국민보험부 정무차관을, 1970년부터 1974년까지 교육과학부 장관을 역임했다. 그리고 1975년, 영국 최초의 여성 당수(보수당)가 되었다. 1979년 노동당의 L. J. 캘러헌 내각이 의회에서 불신임을 당하고 해산한 직후, 총선거에서 보수당이 승리함으로써 영국 최초의 여성 총리가 되었다.

대처는 강한 남자보다 카리스마가 넘치는 여성이었다.

이에 대한 예를 보자.

대처가 집권 후에 긴축 재정을 실시할 때의 일이다. 그녀는 영국 경제가 힘든 상황에 놓인 것은 고질적인 노조 문제라고 보고 이를 개혁하려고 하자, 많은 사람들이 반대를 하였다. 역대 총리들도 해내지 못할 만큼 힘든 일이라는 게 반대의 이유였다.

반대 의견을 듣고 나서 주위를 둘러본 뒤 그녀는 단호하게 말했다.

"지금까진 하지 못했지만 그래서 더더욱 지금 해야 합니다. 이것이 나의 생각입니다."

그녀의 당찬 말에 그 누구도 더 이상 반대를 할 수 없었다. 그녀의 말이 맞기 때문이었다. 그녀는 반대파들을 굴복시키고 골칫거리였던 노조를 와해시키는 데 성공하며 침체되었던 경제를 부흥시켰다.

또 다른 예이다.

1982년 아르헨티나와 벌인 포틀랜드 전쟁 때 일이다.

그 당시 아르헨티나는 영국령인 포틀랜드가 자국의 영토라고 주장하며 영국에 도전장을 내밀었다.

"아르헨티나가 우리에게 도전을 했습니다. 우리의 강력한 힘을 보여줘야 합니다. 지금 즉시 공격을 단행하십시오."

대처는 한 치의 망설임도 없이 공격 명령을 내렸다. 아르헨티나 따윈 눈에 없다는 식이었다. 그녀의 예상대로 전쟁은 아주 싱겁게 끝나고 말았다. 기세등등했던 아르헨티나가 꼬리를 내리고 항복한 것이다.

이 전쟁으로 인해 대처는 국민들로부터 절대적 지지를 받았다. 그리고 대외적으로는 영국의 강한 힘을 전 세계에 알리며 강력한 정치가로 부각되었다.

그녀의 뛰어난 통치력을 좀 더 살펴보기로 하자.

그녀는 국가 예산을 물 먹듯 먹어치우는 공공기관에 대해 과감한 사유화를 시도하고, 교육과 의료 등 공공 분야에서 대폭적인 국고 지원을 삭감하는 등 획기적인 정책을 실시하였다. 그 결과 대처의 과감한 정책은 고질적인 문제를 단숨에 해결하며 성공적으로 매듭지었다.

그녀는 성공적으로 개혁을 단행함으로써 '대처리즘'이란 신조어를 만들어 내며 '철의 여인'이라는 별칭도 얻었다.

대처는 영국 경제를 정상화시키고 정치 역량을 한껏 끌어올리며 세계적인 지도자가 되어, 영국 정치사에 길이 남는 정치가가 되었다.

이처럼 뛰어난 대처도 학창 시절엔 공부를 썩 잘하지는 못했다. 하지만 그녀는 꾸준히 복습을 하는 등 성실한 공부법으로 옥스퍼드대학에 들어갔다.

그리고 그녀는 총리라는 막중한 직무를 수행하면서도 손수 남편의 밥상을 차려 주고, 총리 관저에 직원을 두지 않는 등 검소하고 소박하게 생활했다. 또한 그녀는 공과 사를 분명히 하고 자신에게 매우 엄격했다. 그만큼 철저하고 빈틈이 없었다. 이러한 그녀의 내면적인 요건이 그녀를 최고의 총리로 만든 것이다.

 ## 매사를 성실하게 하라

아무리 재능이 뛰어나고, 실력이 탁월해도 성실함을 이기지는 못한다. 노력을 이기는 재능이 없는 것을 보면 성실성이 얼마나 중요한지 단적으로 알 수 있다.

성실함 없이 남보다 나은 삶을 살려고 한다면 그것은 삶에 대한 모독이며, 삶은 그런 사람에게 행복한 선물을 주지 않는다.

노력 없이, 성실함 없이 행복을 꿈꾸지 마라. 노력하지 않는데 어떻게 남보다 나은 결과를 얻을 수 있겠는가.

성실한 자세와 성실한 마인드는 꿈을 이루는 필수 요소이다.

성실한 자세를 기르기 위해서는,

첫째, 헛된 망상을 버려야 한다. 헛된 망상이 성실성을 빼앗는다.

둘째, 계획을 세우고 프로그램에 따라 행동하고 습관화하라. 성실성도 습관에서 온다.

셋째, 무엇이든 단숨에 결과를 얻으려고 하지 마라. 단숨에 얻어진 결과물 치고 반듯한 것이 없다.

성공적인 삶을 사는 사람들의 대표적인 성공 요건은 성실성이다. 자신이 원하는 것을 얻기 위해서는 매사에 성실성을 갖는 것이 중요하다.

성실함을 이기는 것은 없다.

🔑 마거릿 대처의 **성공 Tip**

1. 매사에 성실한 자세로 꾸준히 노력했다.

2. 공과 사를 분명히 하고 자신에게 매우 엄격했다.

3. 검소한 마인드로 검소하게 생활하였다.

4. 리더십이 뛰어나고 강력한 장악력을 지녔다.

5. 뛰어난 판단력과 추진력으로 정책 결정을 성공적으로 끌어 냈다.

6. 하루에 19시간 일할 만큼 지구력과 열정이 뛰어났다.

09

무대를 화려하게 점령한
현대무용의 여제

이사도라 덩컨 Isadora Duncan

 개척자적인 마인드를 가져라

무언가 새롭게 시도할 땐 개척자적인 마인드를 가져야 한다. 개척자 정신은 긍정적이고, 진취적으로 행동하게 한다. 그래서 새로운 일을 하거나 새롭게 사회에 진출하는 20대 여성들이 반드시 가져야 할 마인드이다.

자신의 인생을 진취적이고 긍정적으로 사는 사람들은 개척자적인 마인드가 강하다. 그래서 그들은 자신의 인생을 능동적으로 살아가고, 스스로에게 만족한다. 하지만 수동적이고 부정적인 사람은 개척자적인 마인드가 없거나 약하다. 그래서 늘 스스로를 불만족스럽게 여긴다. 만족한 자아를 갖기 위해서는 개척자적인 마인드를 길러야 한다.

개척자적인 마인드를 기르기 위해서는,

첫째, 안 되면 되게 한다는 신념을 가져야 한다.

둘째, 쓰러지면 다시 일어선다는 각오를 다져야 한다.

셋째, 내가 하지 않으면 안 된다는 불굴의 정신을 가져야 한다.

넷째, 새로운 생각, 새로운 상상력을 가져야 한다.

이 네 가지 마인드를 마음에 깊이 새기고, 자신이 하는 일에 몸을 사리지 말아야 한다. 자신의 부족한 점이 무엇인지, 자신의 문제점이 무엇인지를 알고도 고치거나 보완하지 않으면 더 이상의 발전은 없다. 자신의 발전을 위해서라도 반드시 자신의 문제점을 고쳐야 한다. 그래야 무엇이라도 해낼 수 있는 마인드를 갖게 된다.

 ## 현대무용의 개척자

현대무용의 여제 이사도라 덩컨Isadora Duncan!

이사도라 덩컨은 미국에서 태어나 어린 시절 음악 교사였던 어머니로부터 음악의 기초와 발레를 배웠다. 비록 나이는 어렸지만 이사도라 덩컨은 발레에 많은 관심을 보이며 장차 위대한 무용가를 꿈꾸었다. 그녀가 연습을 할 땐 너무 진지해 말조차 붙이기 힘들 정도였다.

'그래, 넌 역시 내 딸이야. 넌 틀림없이 좋은 재목이 될 거야.'

그런 딸의 모습을 바라보는 어머니의 얼굴엔 미소가 가득했다.

이사도라 덩컨은 18세 때인 1897년 델리 단원으로 영국으로 건너가 발레 수업을 받았다. 그녀의 뛰어난 재능과 열정은 그곳 사람들에게 깊은 인상을 심어주었다. 그곳에서 1차로 발레를 공부한 그녀는 뉴욕으로 돌아와 다시 발레 수업을 받았다. 타고난 재능과 열정으로 그녀의 무용 실력은 나날이 더해만 갔다.

이사도라 덩컨은 무용을 잘하는 것 못지않게 개성과 주관이 뚜렷했다.

그녀는 무용복을 만들 때도 옷감의 선택은 물론, 디자인까지 세밀하게 신경을 썼다. 또한 그녀는 정통 무용복보다는 무용의 성격에 따라 파격적인 무용복을 즐겨 입었다. 그 예로 1899년 시카고에서 무용을 발표할 때 그녀는 반라에 가까운 차림으로 무대에 섰다. 그녀의 의상을 본 관객들은 놀라움을 감추지 못했지만, 그녀에게서 강렬한 인상을 받았다.

"아니, 저게 뭐야? 옷을 입은 거야?"

"그러게, 너무 아찔하다."

"난 여태껏 저런 차림으로 발레를 하는 사람은 보질 못했어."

"그건 나도 마찬가지야. 근데 이상한 거 있지?"

"뭐가?"

"처음엔 좀 그랬는데 저것도 하나의 개성이 아닐까?"

"그럴 수도 있지. 어쨌든 파격적이야."

"앞으로 관심 있게 봐야겠어."

"그래. 어쩌면 발레계의 새로운 전설이 될지도 모르지."

이사도라 덩컨의 파격적인 행보에 많은 사람들은 저마다 한마디씩 하며 놀라워하면서도 그녀의 미래를 예의 주시하였다.

"나는 우물 안 개구리는 되지 않을 거야. 나에겐 더 큰 무대가 필요해. 그러기엔 미국은 너무 좁아. 가자, 내 꿈을 펼칠 수 있는 곳이라면 어디든지!"

이사도라 덩컨은 자신의 뜻을 좀 더 펼쳐 보이기 위해 유럽으로 갔다. 그녀는 파리에서 새로운 무용을 발표했는데, 지금까지와는 다른 개성적인 발레를 보여주었다. 역시 관객들의 반응은 뜨거웠다.

"참으로 멋지고 새로운 발레지?"

"그래. 역시 소문대로야."

그녀의 무용을 본 사람들은 하나같이 극찬하였다.

유럽 국가 중 독일이 그녀에게 가장 열렬한 관심을 보여주었다. 그녀가 택한 새로운 무용 스타일은 기존 무용에 대한 거부이며 새로움을 추구하는 도전이었다. 그리고 그녀가 시도한 발레 대중화 운동은 발레 역사에 하나의 혁신이었다.

"발레는 일부 사람들만 즐기는 무용이 아니라 누구나 즐기는 것이어야 한다. 그것이 내가 생각하는 발레다."

그녀의 말에서도 발레에 대한 그녀의 철학을 잘 알 수 있다.

그녀에게 고무된 사람들은 그녀가 하는 일에 열렬한 지지와 아낌없는 사랑과 관심을 보내주었다. 그녀가 전개한 발레 운동을 '신무용'이라고 불렀다. 그녀가 시도하고 보급한 신무용은 기존 발레를 한층 업그레이드시키며 신선한 바람을 일으켰던 것이다.

한마디로 이사도라 덩컨은 새로운 발레의 개척자였다. 그녀가 세계 발레 역사의 영원한 전설이 될 수 있었던 것은, 기존의 것을 보다 새로운 것으로 이끌어내는 창조적이고 도전적인 마인드를 가졌기 때문이다.

오늘날 발레 발전에 그녀의 영향이 절대적이었던 것을 보더라도 이사도라 덩컨은 뛰어난 여성이었다는 것을 알 수 있다.

자신을 혁신시켜라

발전적인 사람과 그렇지 못한 사람의 차이점은 자신을 혁신시키느냐 못 시키느냐를 보면 알 수 있다. 다시 말해 자신을 극복하고 자신이 추구하는 것을 해내느냐, 해내지 못하느냐가 매우 중요하다는 말이다.

자기 주도적인 사람은 무엇을 하더라도 두려움을 갖지 않는다. 늘 즐기면서 낙관적으로 실행한다. 그러나 그렇지 못한 사람은 무엇을 하더라도 두려워하고 몸을 사린다. 그러니 무슨 발전이 있고 새로움이 있겠는가.

자신이 하는 일이 자신의 성에 차지 않더라도 포기하지 마라. 포기하는 것보다는 조금 부족한 것이 낫다. 다만 마지못해 억지로 하지 말고, 정성껏 해야 한다. 정성껏 하다 보면 새로운 아이디어를 찾아낼 수도 있고, 미처 생각지도 못한 결과를 얻을 수도 있다.

자신을 혁신시키기 위해서는,

첫째, 늘 새로운 것에 대해 관심을 가져라. 그리고 공부하라.

둘째, 나는 할 수 없다는 부정적인 생각을 하지 마라. 그런 생각은 자기 혁신을 가로막는 못된 마인드다.

셋째, 자신을 주도적으로 이끄는 사람이 되어라.

넷째, 자기 혁신을 통해 발전적인 삶을 사는 사람을 사귀어라. 그 사람은 자기 혁신에 가장 좋은 롤 모델이다.

이 네 가지 방법을 통해 얼마든지 자기 주도적이고, 자기 혁신적인 사람이 될 수 있다. 또 그렇게 됨으로써 자신의 의지대로 자신을 이끌며 삶을 즐기며 살아갈 것이다.

인생은 시도하는 자에겐 기회를 주고 관대하다. 하지만 그렇지 못한 자에겐 기회를 주지 않으며 냉혹하다.

현명한 선택으로 낙관적인 인생을 살라!

이사도라 덩컨의 **성공 Tip**

1. 개혁적인 마인드와 자기 혁신적인 인생관을 가졌다.

2. 개성이 강하고 주관이 확고하였다.

3. 창조적이고 도전 정신이 강해 언제나 새로움을 추구했다.

4. 자기 주도적으로 인생을 이끌었다.

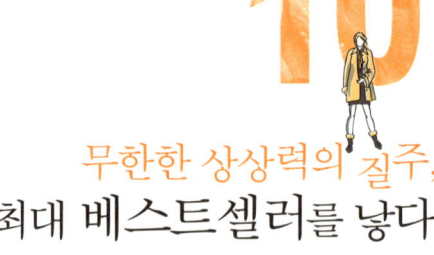

무한한 상상력의 질주,
최대 베스트셀러를 낳다

조앤 K. 롤링 Joanne Kathleen Rowling

 ## 상상하라, 늘 상상하라

현대 사회는 상상력의 중요성이 그 어느 때보다 요구되는 시대
이다. 일상생활에서 없어서는 안 될 온갖 물품들을 비롯하여 그
어느 것도 상상력 없이 만들어진 것은 없다. 상상력은 한 개인의
사적인 영역이지만 그것을 잘 활용하면 모두에게 필요한 가치를
지니게 된다.

생활 중에 얻은 아이템으로 발명품을 만들어내는 여성도 있고,
옷을 디자인하다 새로운 스타일의 옷을 만들어내는 디자이너도
있고, 가게를 운영하다 언뜻 떠오른 상상력으로 새로운 메뉴를 개
발하는 여성도 있고, 새로운 상상력으로 기존의 가치를 뛰어넘는
작품을 쓰는 작가도 있고, 새로운 형식의 음악을 작곡한 여성도

있다.

상상력은 무형의 무한한 자산이다.

상상력은 선천적으로 타고나지만, 노력에 의해 길러지기도 한다. 노력해서 안 되는 일은 없다. 사랑도 우정도 성공도 노력을 통해서 얻어진 결과이다. 노력의 가치는 그만큼 크다.

다음은 상상력을 기르는 몇 가지 방법이다.

첫째, 독서는 필수이다. 책을 읽거나 잡지를 읽거나 신문을 읽을 때 주요 부분은 반드시 밑줄을 그어라. 그리고 부분별로 나눠 스크랩을 하라.

둘째, 공상을 즐겨라. 자신이 본 영화와 소설 중 특별히 와 닿았던 장면이나 대목을 떠올려 상상하라.

셋째, 아이 쇼핑을 즐겨라. 그러면서 특별한 것에 주목하라.

넷째, 관찰력을 길러라. 사물을 볼 때 자세히 살피고 특징을 메모하라.

이 네 가지 방법을 습관화하라. 꾸준히 반복적으로 하면 상상력이 길러진다.

이에 대한 예를 작가를 통해 좀 더 구체적으로 설명한다면, 작가마다 상상력을 이끌어내는 자기 나름의 방법이 있다. 그렇지만 책을 쓸 때 보편적으로 이런 방법을 활용한다. 이것은 비단 작가만이 행할 수 있는 방법이 아니다. 이런 상상력 활용법은 누구에게

나 필요한 것이다.

새로운 가치는 상상력에서 온다. 늘 상상을 즐겨라.

무한한 상상력의 질주

판타지 동화《해리 포터》시리즈를 통해 무명에서 일약 유명 작가로 변신한 조앤 K. 롤링Joanne Kathleen Rowling!

그녀는 상상력의 천재이다. 롤링은 어린 시절부터 상상력을 즐겼다. 롤링의 상상력을 길러주기 위해 그녀의 부모는 책을 읽어주곤 했다.

"집 안이 온통 책으로 덮여 있었고, 부모님은 번갈아 가며 나에게 책을 읽어주셨지요."

롤링은 자신의 어린 시절에 대해 이렇게 말했다. 그녀의 상상력은 타고난 것도 있지만, 그녀의 부모에 의해 길러졌다는 것을 알수 있다.

또한 롤링은 이야기하는 것을 좋아했다. 롤링은 다섯 살 때 두 살 아래 여동생에게 환상적인 동물들과 신비스런 장소들을 지어가며 이야기를 해주었다. 그것도 짜임새 있는 스토리로!

또 그녀는 여섯 살 때 '래빗'이라는 토끼에 관한 이야기를 만들었으며, 이후 몇 년 동안 토끼에 관한 이야기를 열정적으로 썼다.

사춘기에 들어서는 친구들에게 자신이 지어낸 이야기를 들려주었다.

"점심시간 때 친구들을 모아놓고 이야기를 들려주곤 했지요. 이야기 속에서 영웅적이고 신나는 모험을 즐기곤 했어요."

그녀는 대학을 마치고 비서직으로 취직을 했으나 얼마 뒤 해고를 당했다. 무슨 일을 하든 그녀는 늘 무언가를 쓰고 있었기 때문이다. 이런 그녀의 행동이 곱게 보일 리가 없었다.

그후 그녀는 맨체스터에 있는 상공회의소에서 근무를 하게 되었다. 그리고 운명 같은 일이 찾아왔다.

퇴근 후 집으로 가는 길에 기차가 갑자기 멈추어 섰고, 그때 불현듯 해리 포터에 대한 아이디어가 떠올랐던 것이다. 그리고 그것은 아주 구체적인 얼개로 짜여 갔다.

그러나 그녀에게 아픔이 찾아왔다. 어머니가 돌아가신 것이다. 어머니의 죽음은 그녀에게 큰 충격으로 다가왔다. 그리고 일자리마저 잃었다.

그녀는 새로운 일자리를 찾아 포르투갈로 갔다. 그곳에서 영어를 가르치며 해리 포터 이야기를 구체적으로 구상했다.

이 무렵 그녀는 포르투갈 TV 방송국 기자와 사랑에 빠져 결혼을 했으나, 남편과 이혼을 하고 딸과 함께 영국으로 돌아왔다. 그리고 단칸방을 구해 정부가 주는 생활 보조금으로 근근이 생활하며 글을 쓰기 시작했다. 마땅히 글 쓸 공간이 없어 동네 카페에서 글을 썼다. 최악의 조건이었다. 하지만 그녀는 동생의 격려에 힘입어 열심히 썼다. 그리고 마침내 《해리 포터와 마법사의 돌》이 완성되었다.

그녀는 완성된 원고를 출판사에 보냈으나 원고를 받아주는 곳이 한 군데도 없었다. 그러나 그녀는 실망하지 않았다. 뜻이 있는 곳에 길이 있듯 꾸준히 타진한 끝에 1996년 블룸스베리 출판사와 2천 달러를 받고 계약을 하였다.

그후 얼마 지나지 않아 입소문이 퍼져 전 세계 출판사로부터 문의가 쇄도하기 시작했다. 그리고 마침내 책이 출판되었다. 책은 날개 돋친 듯이 팔렸고, 시리즈 6권 모두 대 히트를 기록했다.

그녀는 10억 달러가 넘는 어마어마한 부자가 되었으며, 세계적 명사가 되었다. 그리고 의사와 결혼하여 행복한 삶을 누리며 살고 있다.

어려움 속에서도 자신의 상상력을 살려 최고의 베스트셀러 작가가 된 조앤 롤링! 오늘의 그녀를 만든 건 어린 시절부터 길러온 무한한 상상력이었다.

 ## 해보지도 않고 안 된다고 하지 마라
능력이 있다고 믿는 사람이나 그렇지 않은 사람이 흔히 하는 어리석은 짓은, 해보지도 않고 안 된다고 판단하여 아예 시도조차 하지 않는 것이다. 이와 같은 어처구니없는 일을 하면서도 부끄러운 줄을 모른다. 왜 자신을 그처럼 하찮은 사람으로 폄하시키려 하는가. 자신이 자신을 깎아내리면 남도 얕잡아 본다. 물론 겉으로야 "그래, 그렇겠구나." 하겠지만 뒤로는 우습게 여긴다.

상상력은 무한한 무형의 자산이라고 앞에서 말했듯이, 남들이 하지 못하는 참신한 상상력이야말로 인생을 바꾸어 줄 경쟁력이다. 아이디어 하나가 세상을 바꾸고, 사회의 흐름을 주도한다.

아이디어는 더 이상 머릿속에 묵혀두어서는 안 된다. 끄집어내야 한다. 끄집어내지 않는 아이디어는 없는 것과 같다.

만일 롤링이 비참한 현실에 떠밀려 해보지도 않고 안 된다고 판단하고 포기했다면, 그래서 보통 사람처럼 살았다면 오늘과 같은 영광은 없었을 것이다. 그녀는 글 쓸 공간이 없어 동네 카페에서 글을 쓸 만큼 가난했지만, 눈총을 받아가면서도, 시련을 겪으면서도 자신의 주특기인 상상력을 즐긴 끝에 엄청난 결과를 낳고 세계 최고의 베스트셀러 작가가 된 것이다.

조앤 K. 롤링의 **성공 Tip**

1. 어린 시절부터 무한한 상상놀이를 통해 상상력을 길렀다. 상상력은 무한한 무형의 자산이다.

2. 가난한 현실이 아무리 고통스러워도 꿈을 포기하지 않았다.

3. 상상한 것을 머릿속에만 묵혀 두지 않고 밖으로 끌어내 적극 시도하였다.

4. 새로움의 가치를 추구할 줄 아는 능동적인 마인드를 가졌다.

끝없는 변신,
그녀는 언제나 현재진행형

마돈나 Madonna Louise Veronica Ciccone

 ## 끊임없이 변신하라

한시도 가만히 있지 않고 늘 무언가를 하는 사람이 있다. 이런 사람의 눈을 보면 반짝이며 빛이 난다. 반면에 몸을 사리는 사람의 눈을 보면 졸린 듯 힘이 없고, 생기도 없다. 이 두 유형은 완전히 정반대이다. 그런데 목적하는 것은 비슷하다. 잘되고 잘살고 싶다는 것이다.

하지만 같은 결과를 얻을 수는 없다. 무언가를 탐구하는 사람은 발전적이지만 몸을 사리는 사람은 답보 혹은 퇴보할 수밖에 없다.

이런데도 자신의 능력을 썩히고 방치하여 아예 시도도 하지 않는다면 그것은 자신에 대한 배반 행위이다. 자신을 배반하는 행위처럼 어리석고 무책임한 일이 또 있을까?

적어도 자신에게는 진실해야 한다. 그것이 자신의 인생에 대한 예의이다. 세상은 편리해지고 모든 것이 더 낫게 진화하고 있지만 인간이 기본적으로 취해야 할 의식주 문제는 점점 더 어려워지고 있다. 비정규직이라는 용어가 난무할 정도로 우리 사회는 급속도로 변화하고 있다. 대학을 나온 20대 여성들이 88만 원 세대로 내몰리며 인생의 쓴맛을 톡톡히 보는 현실이다. 하지만 그런 자리마저도 경쟁이 치열하다.

이런 현실을 부정하고 불만에 사로잡혀 될 대로 되라는 식으로 자신을 방치한다면 결국 낙오되는 사람은 자기 자신이다. 이럴 때 자신만이 가진 특성이 무엇인지 되짚어 살펴보는 것 또한 좋은 기회를 찾는 방법이 될 수 있다. 혹여 이 순간 자신을 자책하며 현실을 원망하고 있다면 잠시 멈추고 자신을 살펴보는 시간을 가져라. 아무리 힘들고 고달파도 자신의 인생이다. 자신의 인생을 자신이 살피지 않는다면 누가 살펴줄 것인가? 냉정한 말처럼 들릴지도 모른다. 그러나 자신에게 냉정해져야 한다. 냉정해지지 않으면 더 이상 변화의 기회조차 갖지 못하게 될 것이다.

 ### 끝없는 변신의 여왕

역대 여자 가수 중 가장 많은 앨범과 싱글의 세일즈를 보유한 가수 마돈나Madonna Louise Veronica Ciccone!

그녀는 1983년에 데뷔하여 지금에 이르기까지 신곡을 발표할 때마다 파격적인 스타일로 다양한 콘텐츠를 보여주며, 늘 변신에 변신을 꾀하며 팝계를 평정해왔다. 그녀는 탁월한 스타일리스트다. 뿐만 아니라 뛰어난 음악적 능력을 갖고 있다. 작곡, 작사, 프로듀서까지 모두 그녀의 손끝에서 이루어진다. 한마디로 싱어송라이터이자 만능 엔터테이너다.

"누드모델을 하고 포르노 배우를 한 여자가 무슨 노래를 한다고 설쳐 설치길. 해보나 마나야. 틀림없이 얼마 못 가 망하고 말 거야."

"길어봐야 5년도 못 갈 거야."

"그래, 그럴 거야. 노래는 뭐 아무나 하나?"

마돈나가 데뷔할 당시 일부 평론가들은 그녀를 과소평가하며 하찮게 여겼다.

"그래, 맘껏 날 잡고 흔들어대라. 그렇다고 해서 포기할 내가 아니다."

그녀는 일부 평론가들의 독설에 입술을 깨물며 독하게 마음먹었다. 그리고 최선을 다한 끝에 그들의 오만하고 안일한 평가를 놀라운 인기로 보란 듯이 되갚아주며 20년 넘게 정상을 지켜오고 있다.

 그녀가 이렇게까지 롱런할 수 있는 힘은 무엇일까?

그것을 간단명료하게 말한다면 끝없는 자기 변신, 확고한 음악 철학, 자기 혁신을 추구하는 음악적 스타일이라고 할 수 있다.

특히 여성들의 자기 혁신 추구를 주장하는 그녀의 강한 어필에 10대, 20대 여성들은 절대적인 지지를 보냈다. 이른바 '마돈나 워너비스' 라는 마돈나 팬클럽이 그것이다. 이들은 마돈나 노래와 패션을 따라함은 물론, 그녀의 생각과 똑같이 살겠다고 말할 정도다.

여기서 마돈나의 삶의 가치관에 대해 짚어보자.

첫째, 왜 여자에게만 순결을 강조하느냐는 강한 비판 의식 제기.

둘째, 미혼모 낙태에 관한 입장을 제기.

셋째, 흑인 문화에 대한 차별을 제기하는 등의 노래로 많은 여성들의 공감을 불러일으켰다.

이로 인해 여성 인권이 빠르게 신장하였고, 여성들의 삶의 가치관은 그만큼 향상되었던 것이다.

사람들은 그녀가 가는 곳마다 "마돈나 ! 마돈나!"를 외치며 열광했다. 그녀가 떴다 하면 하던 일을 접고 그녀를 보기 위해 몰려들었다. 대중들은 그녀에게 새로운 스타일의 노래를 원했다. 그녀는 사람들의 가려운 마음을 읽어내는 데 탁월했고, 그것을 노래에 반영시켰다.

이런 영향으로 마돈나의 인기는 절정을 이루었고, 세계적으로 확산되었다. 역대 최고의 가수라는 비틀스보다 더 많은 히트곡을 보유하고, 빌보드 싱글 차트에 히트곡이 가장 많은 가수로 올라 있다.

마돈나의 이런 성과는 학문적 연구 대상이 되어 마돈나학Madonna studied이라는 학문이 만들어졌다.

사실 어느 나라를 가더라도 대중 가수의 업적을 높이 평가하여 학문의 연구 대상으로 삼는 일은 흔치 않다. 그런데 콧대 높기로 유명한 미국의 대학에서 그녀의 이름을 붙인 학문을 만들었다는 것은, 그녀가 해낸 일을 학계에서도 인정했다는 뜻이다.

그녀가 이렇게 될 수 있었던 것은 오직 시들지 않는 열정과 변신, 그리고 여성들의 심리를 잘 알고 노래에 적용시켰기 때문이다.

50세가 넘은 지금도 그녀는 여전히 변신 중이며, 자신의 역량을 맘껏 펼쳐 보이는 아름다운 생을 지속하고 있다.

잠자는 자아를 깨워라

삶을 즐기며 사는 사람들은 자아를 일깨우는 일에 매우 적극적이다. 자아를 일깨운다는 것은 자기 발전을 의미한다. 깨닫는다는 것은 지금보다 나은 길로 가는 것이다.

그런데 자아를 일깨우는 일을 등한시한다면 자기 발전은 있을 수 없다. 자신을 그대로 묵혀두는 자아는 죽은 자아다. 숨을 쉬고, 말하고, 웃고, 운다고 해서 살아있다고 할 수 없다. 자아가 깨어야 진정으로 사는 것이다. 그래야 발전도 있고, 기쁨도 있고, 행복도 있는 것이다.

자아를 일깨우기 위해서는,

첫째, 진보적인 사고력을 가져야 한다. 생각이 고정되어 있으면 그 나물에 그 밥을 벗어나지 못한다.

둘째, 게으름을 경계하라. 자아를 실현하는 데 있어 게으름은 가장 나쁜 방해꾼이다.

셋째, 주어진 일에 성의를 다하라. 비록 자신의 성에 안 차는 일이라도 성의 있게 해야 한다. 성의 있게 하다 보면 반드시 자신이 원하는 일을 하게 된다.

아무리 좋은 잠재력을 갖고 있다고 해도 끄집어내지 않으면 아무 소용이 없다. 잠자는 자아를 일깨우는 것만이 자신을 새롭게 하고 자신이 사는 길이다.

🔑 마돈나의 **성공 Tip**

1. 자기 변신에 능해 항상 새로운 것을 추구하였다.

2. 확고한 음악 철학으로 자신만의 스타일을 이어나갔다.

3. 여성들의 자기 혁신 추구를 주장해 젊은 여성들의 공감을 얻었다.

4. 진보적인 사고로 매사에 역동적으로 일관하였다.

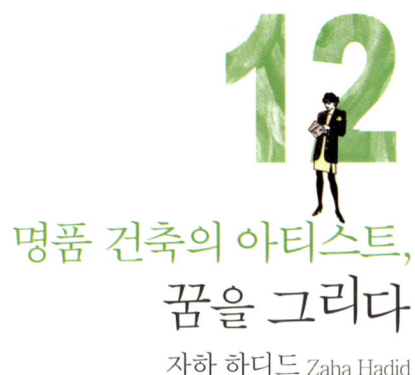

12

명품 건축의 아티스트,
꿈을 그리다

자하 하디드 Zaha Hadid

 발상을 전환하라

발상의 전환은 신선함을 몰고 오는 생각의 가치이며, 삶의 기술이다. 누구나 할 수 있는 생각은 보편적인 생각으로, 새로운 도전을 위해서는 그다지 도움이 되지 않는다. 새로운 것을 요구하는 시대에서 개인의 능력을 한껏 펼쳐 보이려면 남들이 해내지 못하는 발상의 전환이 있어야 한다. 이런 발상의 전환은 문학이나 음악 같은 예술 분야는 물론 생활용품이나 의식주에 관련된 산업 등, 사람이 살아가는 데 필요한 모든 것에 절대적으로 필요하다.

같은 것을 놓고도 발상의 전환에 따라 그 가치는 천차만별로 나타난다. 자기 분야에서 주목받는 이들을 보면 남들이 무심코 지나치는 작은 것에서 새로운 것을 찾아내는 안목이 있다. 이런 안목을 갖고 있다는 것은 축복이다.

하지만 이런 안목은 누구나 가질 수 있다. 이에 대해 "그건 어디까지나 특별한 능력을 가진 사람들이나 할 수 있는 것 아니냐?"라고 말하는 20대 여성들도 있을 것이다. 물론 그렇게 생각하는 것은 당연하다. 발상의 능력도 재능이니까. 그러나 자신이 어떤 자세를 갖고 어떻게 하느냐에 따라 충분히 발상의 눈을 가질 수 있다.

자신을 공주처럼 생각하고, 공주처럼 모셔라. 그러기 위해서는 자신에게 충실해야 한다. 자신에게 충실한 사람만이 스스로에게 인정받고, 나아가 남들에게도 인정받을 수 있다.

기존의 틀을 벗어던진 명품 건축가

세계 최고의 여성 건축가 자하 하디드Zaha Hadid!

그녀는 1950년, 이라크 바그다드에서 태어났다. 영국, 레바논 등에서 공부하였으며 대학에서 수학을 전공하다 뜻을 바꿔 1972년, 영국의 명문 건축 학교인 런던건축협회학교에 진학해 학위를 받았다.

"이제 나의 갈 길은 정해졌다. 나의 새로운 선택이 틀리지 않다는 것을 보여주기 위해서라도 열심히 하자."

수학을 전공하다가 전혀 새로운 분야에 과감히 도전장을 내민 하디드. 그녀는 자신의 새로운 선택을 위해 열심히 공부했다. 대학

을 마친 그녀는 런던에 남기로 했다. 런던은 그녀가 뜻을 펼치기엔 좋은 곳이었다.

그녀는 런던에서 활동하면서 '페이퍼 아키텍트'로 유명해졌다. 페이퍼 아키텍트는 실제 지을 건물보다는 개념적이고 실험적인 건축 아이디어를 도면상으로 시도하는 건축가를 말한다.

하디드는 새로운 스타일의 건축 구상으로 국제 공모에서 여러 차례 우승을 하며 주목을 받았다. 하지만 그녀의 독창적인 건축은 실제에서는 적용되지 못했다. 돈 되는 건축이 아니라는 선입견이 있었기 때문이다.

그런데 그녀에게 기회가 찾아왔다. 독일 기업 비트라가 설계를 의뢰해온 것이다. 하디드는 천재일우의 기회를 살려 자신의 역량을 맘껏 펼쳐 보일 것을 스스로에게 다짐하며 열의를 다했다. 그렇게 해서 지어진 건물이 비트라 소방서인데, 이 건물은 현대 건축물의 걸작으로 평가받으며 그녀를 새롭게 태어나게 했다.

그녀가 택한 새로운 시도는 마치 조각 작품 같은 건축물이었다. 이 건축물은 건물의 용도뿐만 아니라 예술적 가치를 지녀 많은 사람들의 감상거리가 되었다. 이에 대해 그녀는 말한다.

"나는 기존의 것과는 다른 나만의 개성을 보여주고 싶었다. 나다운 것, 그것이 내가 추구하는 스타일이다."

이후 그녀는 오스트리아 인스부르크의 베르크이젤 스키 점프대를 비롯해, 독일 라이프치히 BMW빌딩 등을 건축해서 세계적인 명성을 쌓으며 능력을 과시하였다.

그녀는 우리나라 동대문운동장 터에 새로이 지어질 '동대문운동장 공원화 사업'의 현상 설계 공모에 당선되는 쾌거를 이루기도 했다.

"하디드의 당선작은 고층 타워형 건물로 하지 않고 저층 구조를 선택하면서 동대문이라는 도심지의 특성을 잘 살렸고, 공원이라는 공공 공간과 건물의 관계를 조화롭게 잘 설정해서 좋은 건축물이 될 것으로 기대된다."

이는 하디드의 당선작에 대한 평가이다. 그녀의 당선작에 대한 평가를 보더라도 그녀의 개성과 탁월한 실력을 잘 알 수 있다.

하디드는 평범한 것을 거부한다. 자신만의 색깔이 묻어나는 새롭고 독창적인 것을 추구한다. 새로운, 그리고 더 새로운 것을 찾아 끊임없이 진화를 거듭한다.

기존의 틀을 벗어나 개성을 중시하는 그녀의 스타일이 그녀를 성공적인 건축가로 거듭나게 했다.

 ## 남과 다른 길을 보라

같은 것을 해도 똑같이 하기보다는 차별되게 해야 한다. 똑같이 한다는 것은 그 이상을 넘어설 수 없다. 무언가 달라야 관심을 끌게 된다. 관심을 끌고 주목받게 하는 것이 남과 다른 길을 보는 것이다.

하디드가 성공한 건축가가 될 수 있었던 것처럼, 새로운 눈으로 바라보고 새로운 발상의 전환을 끌어내야 한다. 그렇게 하기 위해서는,

첫째, 같은 생각 같은 관점도 비틀어서 보라. 평면으로 보면 평면으로만 보이지만 입체적으로 보면 입체적인 시각이 나온다.

둘째, 평범한 것을 거부하라. 낡은 것에 매여서는 절대 낡은 틀을 벗어날 수 없다. 늘 새로운 정보를 수집하라.

셋째, 새로운 시각으로 자신의 길을 가는 사람들의 장점을 벤치마킹하라. 이것처럼 효과적인 공부는 없다.

남의 것을 흉내내고 쫓아가는 사람은 늘 남의 뒤만 졸졸 쫓아간다. 하지만 자기만의 시각이 있는 사람은 자신의 길을 걷는다. 물론 가다 보면 포기하고 싶을 때도 있고, "내가 왜 이런 생고생을 해야 하나."라는 생각도 들 것이다.

그렇다 해도 가야 한다. 그것이 자신을 위하는 길이며 자신을 찾는 길이기 때문이다. 편하게 갈 수 있는 형편이면 좋지만 편히 갈 생각은 하지 마라. 편한 길은 함정과 같아 구렁텅이로 끌고 갈 수도 있음을 유념해야 한다.

자하 하디드의 성공 Tip

1. 하디드는 평범한 것을 거부하고 자신만의 색깔이 묻어나는 새롭고 독창적인 것을 추구했다.

2. 새로운, 더 새로운 것을 찾아 끊임없이 진화를 거듭했다.

3. 기존의 틀을 벗어나 개성을 중시하는 마인드의 소유자다.

4. 자신을 브랜드화할 줄 아는 탁월한 마케팅 능력을 가졌다.

13

살아 있는 천사,
사랑의 이름으로 행복을 전하다

마거릿 피사렉 Margreth Pissarek
마리안느 스퇴거 Marianne Stöeger

 ## 진정한 행복의 가치

진정한 행복의 가치란 무엇일까? 이런 생각을 한두 번이라도 해
보지 않은 사람은 없을 것이다. 하지만 알 것 같으면서도 알 수 없
는 게 진정한 행복의 가치이다.

사람을 행복하게 하는 조건을 보면 물질(돈), 가족, 친구, 애인,
배움, 명예, 권한 등 여러 가지를 들 수 있다. 그리고 대개 이런 것
들에 행복의 조건이 맞춰져 있는 것도 사실이다.

하지만 이런 외형적인 조건만으로 진정한 행복의 가치를 규정
하기엔 뭔가 속물적 근성을 벗어나지 못하는 것 같다.

물질이 없어지면 그 순간 행복이 깨져버리고, 명예와 권한도 없
어지는 순간 깨져버린다. 지금껏 그런 사람들을 참 많이도 보아왔

다. 그러나 진정한 행복의 가치를 아는 사람들은 변함이 없다. 늘 그 자리에 있는 푸른 소나무처럼 우뚝하다.

왜일까? 행복의 진정한 가치를 잘 알고 있는 까닭이다.

유대인들은 선행은 알려야 한다면서도 자선은 아무렇지도 않게 생각한다. 자선이란 당연히 해야 하는 일로 어렸을 때부터 길들여져 있다. 그런데 우리는 그렇지 않다. 그래서 우리는 진정한 가치를 잘 모른다.

몸과 마음이 개운하고 마음 저 깊은 곳으로부터 행복감이 느껴질 때, 그리고 그것이 하나의 일상으로 습관화되었을 때, 그것이야말로 진정한 행복의 가치이다.

사랑의 이름으로 살다

마거릿 피사렉Margreth Pissarek과 마리안느 스퇴거Marianne Stöeger 수녀!

몇 해 전 진한 감동을 우리 국민들에게 남기고, 고국 오스트리아로 돌아간 그녀들은 진정 살아 있는 천사였다.

그녀들은 한창 꽃다운 시절인 20대에 낯선 한국으로 왔다. 자신들의 종교적 신념에 의한 선택이었지만 자신들이 어떻게 살아야 하는지를 잘 알았던 까닭이다.

그녀들은 가족들도 꺼리는 한센병 환자들을 위해 50년 가까운 세월을 소록도에서 보낸 것이다.

　1960년대의 우리나라는 그야말로 가난 그 자체였다. 의술도 발달하지 못했던 그런 시기에 낯선 나라의 환자들을 위해 젊음을 바치며 산다는 것은 쉬운 일이 아니다. 그것은 참으로 대단하고 용기 있는 일이며, 자신의 모든 것을 다 바치는 숭고한 일이다. 그런데 그녀들은 그 험한 길을 헌신과 사랑으로 봉사해 온 것이다.

　그녀들이 한 일은 단순히 환자를 간호하는 일만이 아니었다. 약품과 지원금을 후원받기 위해 노력했고, 외국 의료진을 초청해 장애를 가진 환자의 교정 수술을 하고, 물리치료기를 도입하여 환자들이 사용하는 데 불편함이 없도록 했다. 또한 한센병 환자들의 자녀들을 위해 정부에서도 하지 않는 영유아원을 설립하여 운영하고, 보육과 자활 사업을 도왔다.

　그녀들은 날마다 5시에 일어나 환자들을 돌보느라 방에는 그 흔한 텔레비전도 없었다. 오직 철저한 종교적 신념과 헌신으로 검소하게 생활했고, 사랑을 실천하였다.

　일흔이 넘도록 자신의 모든 것을 다 바친 마거릿, 그리고 마리안느 수녀. 그녀들은 평생을 숭고한 일을 하고도 그 어떤 대가도 바라지 않았다. 정부에서 수여하겠다는 훈장도, 그 어떤 상도 거절하였다. 그리고 주변 사람들에게 폐가 된다며 조용히 한국 땅을 떠났다.

　'나이가 들어 제대로 일을 할 수가 없고, 자신들이 있는 곳에 부담을 주기 전에 본국으로 떠나야 한다고 한국에서 일하는 동료들에게 말해왔었는데 이제 그 말을 우리가 실천할 때라고 생각합니다. 부족한 외국인으로서 이곳 할머니와 할아버지들에게 사랑과 존경을 받아 감사하며 저희의 부족함으로 마음 아프게 해드린 일이 있었다면 편지로 미안함과 용서를 빕니다.'

　한국 땅을 떠나며 남긴 편지글에서 그녀들의 맑고 깨끗한 마음을 읽을 수 있다.
　자신이 가진 것을 다 주고 맑은 영혼으로 무소유의 삶을 산 그녀들이야말로 진정한 행복의 가치를 실천한 행복주의자였다.
　그녀들이 종교적 신념만으로 살았다면 그토록 오랜 세월을 그처럼 지내 오지 못했을지도 모른다. 진정한 행복의 가치를 알았기에 그 오랜 세월을 한결같이 지내 올 수 있었던 것이다.
　진정한 행복의 가치는 모두를 행복하게 하는 생의 축복이다.

진정성으로 사는 삶

우리나라 20대 여성들을 보면 예쁘고, 활달하고, 자기 주장이 강하다. 과거 우리의 여성들에게선 볼 수 없었던 주체적이고 개성적인 마인드는 섬뜩할 정도다. 이것을 긍정적인 측면에서 본다면 자기 발전에 큰 장점이 될 수 있다.

그 반면에 물질이나 외모 등에 집착하는 경향이 뚜렷하다. 남자의 조건을 외모나 물질적인 능력에 초점을 맞춘다. 내면적인 것은 뒷전이다. 보이는 것 또는 보여지는 것을 중시한다.

그런데 보여지는 것에 포커스를 맞추다 보면 정작 중요한 진정성을 놓칠 수도 있다. 그럼에도 불구하고 이 점에 대해서는 등한시 하는 경향이 있다.

진정한 행복의 가치가 물질에 있을 수도 있지만 ─그렇게 생각하는 여성이 의외로 많다 ─ 그보다는 내면의 충족에서 오는 경우가 많다. 즉 내가 무언가를 조건 없이 베풀었을 때 느끼게 되는 충만한 마음이 그것이다. 이러한 마음은 물질에서 얻는 충만함과는 질적으로 다르다. 물질이 내 손에 있을 땐 충만함을 주지만 내 손에서 벗어났을 때는 더 이상 충만함을 주지 못한다. 하지만 내면의 충족에서 오는 충만함은 변함이 없다. 이것이 진정한 행복의 가치이다.

    내면의 충족감을 갖기 위해서는 내가 아닌 타인을 위해 한 가지
일이라도 꾸준히 하는 게 중요하다. 조건을 바라지 않는 나의 아
름다운 행동이 진정한 행복의 가치를 주기 때문이다.

진정한 행복의 Tip

1. 진정한 행복의 가치를 추구하기 위해서는 내면의 충족감을 가져라.
2. 조건을 바라지 않고 타인에게 베푸는 선행이 진정한 행복의 가치를 준다.
3. 물질로 행복의 가치관을 추구하지 마라. 물질이 달아나는 순간 행복의 가치관도 사라지고 만다.

패션 사진의 신화,
마르지 않는 열정의 상상력

사라 문 Sarah Moon

☕ 마르지 않는 열정을 길러라

힘들고 어려운 현실에서 자신을 이겨내기 위해서는 열정이 있어야 한다. 열정은 자신의 취약점을 이겨내게 하고, 자신이 목적하는 것을 성사시키게 하는 중요한 마인드이다.

그런데 열정이 넘치다가도 어느 순간에 이르러서는 언제 그랬느냐는 듯 열정이 사라진다. 열정이 사라지면 의지도 목적의식도 같이 사라져 버린다. 그렇게 되면 의기소침해져서 아무것에도 의욕을 갖지 못하고, 마음의 갈등을 하게 된다. 마음의 갈등을 겪게 되면 지금 당장 해야 할 일도 미루게 되고, 그렇게 반복적으로 하다 보면 한없이 나태해지고 게을러진다.

이런 현상은 누구에게나 나타나는 일이다. 어떤 사람은 이것을 잘 극복해내고, 어떤 사람은 잘 극복해내지 못한다. 자신을 잘 극복해내는 사람은 열정이 마르지 않게 자신을 잘 관리한다.

이처럼 열정을 잘 관리하는 것은 매우 중요하다. 그것의 여부에 따라 자신의 발전을 이끌어낼 수 있기 때문이다.

마르지 않는 열정을 기르기 위해서는,

첫째, 늘 자신의 빛나는 미래의 모습을 꿈꿔라. 그 모습을 생각하면 열정이 식지 않는다.

둘째, 늘 공부하라. 가만히 있으면 목표가 이루어지지 않는다.

셋째, 늘 생각하라. 자신이 이루고 싶은 것이 마음에서 사라지지 않도록.

이 세 가지는 지극히 평범하고 간단한 것 같지만 그렇지 않다. 이런 생각과 마음을 갖고 사는 사람과 그렇지 않은 사람에게는 현격한 차이가 있다. 모든 행동과 실행은 생각에서 오는 것이니까!

열정이 마르지 않도록 늘 경계하라.

 ## 자신을 신화로 만든 사람

패션 사진의 거장 사라 문Sarah Moon!

사라 문은 패션모델 출신의 사진작가다. 그것도 패션을 전문으로 하는 패션 사진가다. 사라 문의 작품 세계는 환상적이고 동화적이다. 그녀는 일흔이 다된 나이에 그런 환상적인 작품 세계를 보일 수 있는 것에 대해 다음과 같이 말한다.

"난 아직도 어린아이의 영혼을 간직하고 있다. 예전 열정을 그대로 유지하고 있다는 것에 나 자신도 놀란다. 현실도 중요하지만 허구의 세계를 찍기 위해 노력하고 있다."

과연 그녀다운 말이다.

사라 문은 자신의 존재를 매우 중요하게 여긴다. 그것은 그녀의 말에서 잘 나타난다.

"나는 나 자신을 위한 작업을 한다. 패션계의 주문을 받아도 지금 스타일과는 다른, 틀에 박히지 않고 풍부하게 표현하려는 나만의 작업을 한다."

그녀는 자신의 말처럼 개성적이고 자기다운 것을 매우 중시한다. 이런 그녀의 장인 정신이 그녀를 성공하게 만든 것이다.

그녀는 자신을 장인이라고 말하는 데 주저하지 않는다. 장인 역시 예술가라는 게 그녀의 생각이다.

사라 문은 패션 사진만 하지 않는다. 영화도 찍는다.

그녀가 패션모델을 하다 진로를 사진가로 바꾸고, 영화로 바꿀 수 있었던 것은 그녀의 확고한 신념 때문이다.

자신의 길을 잘 가던 사람이 어느 날 다른 길을 간다는 것은 쉽지 않다. 현재의 길은 잘 알고 가는 길이지만, 새로 가야 할 길은 익숙하지 않아 여러 면에서 불안감을 갖게 하기 때문이다.

이것은 비단 사라 문만의 일은 아니다. 자신의 길을 잘 가다가 방향을 바꿔 새로운 길을 간 사람은 얼마든지 있다.

예를 든다면 팝의 여왕 마돈나도 그랬고, 작가 조앤 K. 롤링도 그랬고, 여성 건축가 자하 하디드도 그랬다.

지금과 다른 길로 간다는 것은 모험과도 같다. 그러나 사라 문은 모험과 같은 길을 마르지 않는 열정으로 걸어간 끝에 성공하였다.

변화는 새로운 자기 창조다

지금과 다른 길로 가는 것은 또 다른 자기 창조다. 지금까지와 달리 새로 가야 할 길은 새로운 변화를 찾는 길이기 때문이다.

대개의 사람들은 변화를 두려워한다. 가보지 않은 길은 무명無明의 길과 같아서 두렵게 느끼는 것은 당연하다.

이러한 것을 알면서도 그 길을 간다는 것은 용감한 행위이며, 멋진 일이다. 남들의 부러움을 사는 일이 평범한 가운데서 이루어진 것은 없다. 남들이 두려워하는 일을 했기 때문에 부러움을 사는 것이다.

변화를 좇아 새로운 길을 가는 것은 자기 창조다. 자기를 창조하기 위해서는,

첫째, 새로운 길을 가는 것에 대한 두려움을 없애라. 두려움이

작용하는 한 그 길을 잘 갈 수 없다.

둘째, 새로운 마인드, 새로운 가치관을 정립하라. 새 술은 새 부대에 담아야 한다는 말처럼 낡은 마인드, 낡은 가치관으로는 새 길을 갈 수 없다.

셋째, 새로운 생각으로 새로운 길을 가는 사람과 교류하라. 그들은 자기 인생의 나침반이다.

인생은 가만히 있는 사람에게 예쁘다고 떡 하나 주지 않는다. 인생은 자신을 새롭게 하는 사람을 좋아한다. 나이는 20대인데 생각은 40대, 50대라고 한다면 그것은 불행한 일이다.

여자 나이 20대, 말만으로도 풋풋함이 묻어난다. 지금의 상황이 어렵다고 해서 자신의 길을 포기하지 마라. 포기하는 순간, 20대의 젊음은 사라지고 만다.

🔑 사라 문의 **성공 Tip**

1. 철저한 장인 정신으로 무장하였다.
2. 고정된 틀에 갇히지 않고, 풍부하게 표현하려는 자신만의 개성을 가졌다.
3. 식지 않는 열정으로 모험과 같은 길을 갔다.
4. 변화를 좇아 자신을 혁신하고, 자신을 새롭게 창조하는 마인드를 가졌다.

세계 최고의 흥행작

〈아바타〉를 누르고 승리하다

캐스린 A. 비글로 Kathryn Ann Bigelow

💍 당당해지고 당당해져라

당당한 여자가 능력을 평가받고 행복한 삶을 산다. 당당함은 자신의 인생을 아름답게 열어주는 문과 같다.

당당한 여성의 매력은 무엇일까?

첫째, 자신감의 충만에서 오는 쿨한 행동이 매력을 느끼게 한다. 이런 경우 뒤로 빼거나 머뭇거림이 없다. 한마디로 거침이 없다. 그래서 보는 이들에게 시원시원한 이미지를 준다.

둘째, 무엇이든 잘할 거라는 믿음을 준다. 이런 경우 상대방에게 신뢰를 주고, 그로 인해 유익함을 얻을 수 있다.

셋째, 어디서든 잘 어울리고 분위기를 잘 이끈다. 이런 경우 상대방이 쉽게 다가오게 한다.

과거엔 다소곳하고 조용조용한 여성이 좋은 이미지를 주었지만, 지금은 막힘이 없고 당당한 여성이 더 좋은 이미지를 준다.

그것은 왜일까? 과거가 평면적 삶의 구도였다면 지금은 입체적 삶의 구도이다. 입체적 구도의 삶은 입체적인 마인드를 가진 사람이 유리하게 작용되는 시대다. 그만큼 현대는 다양하고 다변화한 사회이다.

자신의 역량을 발휘하며 만족하게 살고 싶다면 당당하고, 당당해져라. 당당함은 20대 여성의 필수 마인드이다.

 ### 여성 감독의 반란, 그 빛나는 아름다움

"올해의 아카데미 감독상은 <허트 로커>를 감독한 캐스린 A. 비글로Kathryn Ann Bigelow입니다!"

사회자의 발표가 있자마자 식장은 환호성으로 들떴다. 그리고 그 가운데 자신의 귀를 의심하며 "오, 이럴 수가!"를 연발하는 여성이 있었다. <허트 로커>를 감독한 비글로였다.

2010년 아카데미 시상식에서 세계 영화사상 최고의 흥행작인 캐머런 감독의 <아바타>를 누르고 감독상, 작품상, 각본상, 편집상, 음향상, 음향효과상 등 6개 부문을 휩쓴 최고의 영화 <허트 로커>를 연출한 여성 감독 캐스린 비글로!

그녀가 이룬 성과가 대단한 것은 오스카상 역사 82년 만에, 여성 감독으로는 처음으로 감독상을 받았기 때문이다.
또한 최저 제작비로 만든 영화이자 흥행에 실패한
영화가 최고의 제작비가 들고, 최대의 흥행 기록을
세운 영화를 이겼다는 것이다.

  비글로가 만든 영화 〈허트 로커〉가 최대 흥행
작인 〈아바타〉를 이길 수 있었던 것은 작품성과
예술성이 뛰어났기 때문이다.
  〈허트 로커〉는 이라크 전쟁터에서 위험한 폭탄 제거 업무를 수
행하는 윌리엄 제임스 상사를 통해 전쟁에 중독된 남자들의 세계
를 비판하는 내용이다.
  "이라크와 아프가니스탄에서 목숨을 걸고 군 복무를 하는 분들
께 이 상을 바칩니다. 그들이 무사히 집으로 돌아오기를 바랍니
다."
  이는 비글로 감독의 수상 소감이다. 이 수상 소감에서 알 수 있
듯 그녀는 전쟁이라는 극한상황을 겪으면서 나타나는 현상을 통
해 전쟁이 인간에게 미치는 폐해의 심각성을 고발하고, 그 치유에
대해 생각할 것을 말한다.
  그녀는 여성의 섬세함으로 자신이 목적하는 바를 성공적으로
이뤄냈다.

"비글로, 축하해요."

캐머런 감독이 그녀에게 축하 인사를 건넸다.

"고마워요. 캐머런."

그녀 역시 환하게 웃으며 말했다.

아이러니하게도 <아바타>의 감독 캐머런은 그녀의 전 남편이다. 그런데 그녀가 전 남편이자 최고의 흥행 감독을 멋지게 누른 것이다.

그녀의 도전이 아름다운 것은 남성들의 영역으로만 여기는 전쟁에 관련된 주제를 과감하게 시도했다는 점이다. 고정관념을 깨는 그런 당당한 시도를 여성들도 할 수 있다는 것을 보여 준 비글로의 결행에 영화평론가들은 칭찬을 아끼지 않았다.

무언가 특별한 것을 시도하기 위해서는 특별한 마인드를 갖지 않으면 안 된다. 비글로는 이를 잘 알고 시도한 끝에 자신의 인생에 있어 가장 영광스러운 업적을 영원히 간직하게 된 것이다.

특별하기 위해서는 특별해져라

'특별'이란 말은 사람을 기분 좋게 한다. 특별이라는 낱말은 보통과는 다른, 우대 받는, 또는 매우 중요한 존재라는 의미를 내포하기 때문이다.

사람의 마음속에는 특별한 존재가 되고 싶은 심리가 누구에게

나 있다. 정신분석학자 프로이트는, 인간은 누구나 하나의 공통적인 소원이 있는데 그것은 '위대한 사람이 되려는 욕망(desire to be great)'이라고 했다. 또 탁월한 철학자 존 듀이는 그것을 '사회적으로 중요한 인물이 되려는 욕망(desire to be important)'이라고 했다.

VIP(very important person)가 되고 싶은 욕망, 그 욕망을 탓할 수는 없다. 한 번뿐인 내 인생의 주인공으로 살고 싶은 건 어쩌면 당연한 일이다. 그런데 문제는 이런 삶은 아무에게나 찾아오지 않는다는 것이다.

중요한 인생이 되고 싶다면 값진 땀방울을 흘려라. 이상만 있을 뿐 목표에 대한 확실한 실천력이 없다면 아무것도 해낼 수 없다.

이상만으로 꿈이 이루어진다면 얼마나 좋을까. 하지만 그만한 대가를 들이지 않고는 특별한 사람을 꿈꾸지 마라. 특별함은 특별해지기 위해서 최선을 다하는 사람만이 취할 수 있는 소중한 선물이다.

🔑 캐스린 A. 비글로의 **성공 Tip**

1. 특별한 마인드를 갖고 꾸준히 자신의 길을 걸어갔다.

2. 남성들의 영역으로만 여기던 전쟁에 관련된 주제를 과감하게 시도해 고정관념을 깨는 당당함을 가졌다.

3. 여성의 섬세함을 자신의 장점으로 최대한 활용하였다.

16

자신의 선택을
최선으로 만든 열정의 힘

라일라 알리 Laila Ali

💛 자신의 선택을 존중하라

사람은 살아가는 동안 수많은 선택의 기회를 갖는다. 이때 부모의 조언을 받기도 하고, 스승이나 선배, 친구의 조언을 받기도 한다. 그러나 최종적인 선택을 하는 이는 누구도 아닌 자신이다.

또한 누구의 조언도 없이 스스로 선택을 하기도 한다.

그런데 그 선택을 스스로 포기하는 경우가 많다. 그 이유는 생각보다 힘이 들거나 예상만큼 비전이 없다고 판단하기 때문이다. 충분히 이해할 수 있는 일이다.

그러나 자신의 선택을 존중한다면 인내심을 갖고, 자신의 한계에 이르기 전까지는 최선을 다해야 한다. 조금 해보고 금방 속단하고 포기한다면 자신의 선택을 스스로 무시하는 일이다.

자신의 분야에서 일정한 성과를 내며 활발하게 활동하는 사람들의 공통점은, 어렵다고 해서 자신의 선택을 쉽게 포기하지 않는다는 것이다. 그들은 힘들어도 자신의 선택을 믿고, 할 수 있는 한계에 다다를 때까지 해나간다. 그렇게 하다 보니 좋은 결과가 나타나는 것이다.

이 점에 다소 오해의 소지가 있어 하는 말인데, 한계에 다다를 때까지 갈 필요가 없어 중도에 방향을 바꿨더니 오히려 더 잘된 경우도 있다. 물론 사람이 하는 일이니 변수는 항상 있는 법이다. 하지만 이 경우 자신의 선택을 끝까지 믿고 성과를 이뤄냈을 때보다 큰 만족감을 얻지는 못한다.

자신의 선택을 존중하는 마음으로 최선을 다하라. 자신의 선택은 자신과의 약속이다. 자신과의 약속을 잘 지키는 사람이 일도 잘한다.

자신의 선택을 성공으로 증명하다

세계 복싱사의 영원한 전설, 현란한 테크닉의 귀재 무하마드 알리.

그에겐 자신을 쏙 빼닮은 예쁜 딸이 있다. 프로복싱 슈퍼미들급 세계 챔피언인 라일라 알리Laila Ali!

그녀는 가게를 운영하며 지내던 중 지금과는 다른 자신의 또 다른 길을 가고 싶었다. 그녀는 생각 끝에 권투를 하기로 결정했다. 그리고 권투 선수인 친구에게 지도를 받기 시작했다.

그녀의 권투 감각은 매우 뛰어났다. 아버지를 닮아 천부적인 재능을 갖고 있었던 것이다.

"라일라, 권투는 안 했으면 좋겠구나."

"왜요? 아빠."

"권투는 여자가 하기엔 너무 힘든 운동이란다."

"저도 알아요. 하지만 한번 해보고 싶어요."

"왜 하필이면 권투니? 다른 운동도 많은데."

"전 아빠가 너무 자랑스러워요. 그래서 저도 권투를 해보고 싶었어요."

"그렇지만 권투가 그리 만만치 않단다."

"알아요, 아빠. 그래도 꼭 해보고 싶어요."

"네 마음은 잘 알지만……."

알리는 말끝을 흐렸다. 사랑하는 딸이 너무 힘들어할 게 빤하기 때문이었다.

"아빠, 절 믿어주세요. 하다 힘들면 그만두더라도 지금은 꼭 해보고 싶어요."

"그래? 네 맘이 그렇다면 해보렴."

"아빠, 고마워요. 잘할게요."

 알리는 그녀의 선택을 반대했다. 권투가 힘들고 어려운 운동이라는 것을 누구보다 잘 알기 때문이다. 더구나 그는 파킨슨씨병을 앓고 있다. 권투를 하면서 머리를 많이 맞아 생긴 병이다. 그러니 반대를 하는 것은 아버지로서 당연한 일이다.

그러나 라일라 알리는 아버지를 설득한 끝에 자신의 선택대로 권투 시합에 나가 멋지게 승리하였다. 그녀의 권투 기량은 뛰어난 남자 선수와 견주어도 전혀 뒤처지지 않았다. 역시 피는 못 속였다.

이후 그녀는 승승장구하며 세계 프로 복싱 여자 선수 중 최고의 선수가 되었다.

"라일라, 네가 자랑스럽구나."

"아빠가 절 믿어주셨기에 가능한 일이었어요. 정말 감사해요."

"그래, 앞으로 훌륭한 선수로 남기 바란다."

"네, 아빠."

처음엔 반대하던 알리도 지금은 그녀의 선택을 칭찬하며 만족해하고 있다.

처음 그녀가 권투를 하겠다고 했을 때 아버지를 비롯해 주변 사람들이 말렸지만 그녀는 자신의 선택을 믿고 나아간 끝에 성공의 길을 가고 있다.

그녀가 자신의 선택을 믿은 것은 스스로의 선택을 존중했기 때문이다. 그리고 자신의 선택이 옳았다는 것을 증명하기 위해 피나는 연습을 하며 수없이 흐르는 땀방울로 링을 적시곤 했다. 땀방울은 거짓말을 하지 않는다는 말처럼 그녀의 성공은 그렇게 이루어진 것이다.

라일라 알리처럼 자신을 믿는 것이 중요하다. 자신에게 확고한 믿음이 있는 사람이 열심을 다한다면 성공을 이뤄낼 확률이 그만큼 높다.

지금 이 순간 자신의 선택에 대해 고민하고 있다면 심사숙고해서 결정하고, 일단 선택을 하면 자신을 믿고 최선을 다하라. 이것이 자신의 선택에 대한 예의이다.

 ## 무소의 뿔처럼 그렇게 가라

자기 인생은 자신이 사는 것이다. 부모 형제의 도움을 기대하는 것은 어디까지나 미성년자였을 때의 이야기이다. 성인이 되면 각자 자신의 길을 가기에 바쁘다. 그런데 언제까지 부모의 그늘 아래서 보호받기를 원하는가? 그런 생각 자체를 버려야 한다.

여자라고 해서 어리광을 부리거나 나약함을 보이는 것은 옳지 않다. 여자이기 때문에 더 강해져야 하고, 자신을 더 아끼고 소중하게 여겨야 한다. 되는 대로 사는 여자는 남들도 함부로 대한다.

하지만 스스로를 존중하고 아끼는 여자는 누구도 함부로 대하지 않는다.

자신의 길을 잘 가기 위해서는,

첫째, 남들과 차별화된 길을 가는 것도 좋다. 다만 그것을 홀로 해낼 수 있는 자신감을 가져야 한다.

둘째, 자신과의 약속을 잘 지켜라. 자신과의 약속을 잘 지키는 사람은 누구와의 약속도 잘 지킨다.

셋째, 다른 길을 가고 싶은데 자신감이 서지 않을 땐 그 일에 대해 다시 한 번 진지하게 생각해 보고 결정하라. 그래서 할 수 있다는 자신감이 생기면 하라.

넷째, 독하게 자신의 길을 가라. 독한 사람만이 자신을 이기고 승리할 수 있다.

다섯째, 무언가를 혼자 결정할 땐 고독하고 외롭다. 고독함을 이겨내는 강한 마인드를 길러라.

이 다섯 가지의 기본 마인드만 가지면 그 무슨 일도 능히 해낼 수 있는 힘이 생긴다.

성공하고 싶다면 자신의 길을 향해 무소의 뿔처럼 그렇게 가라.

라일라 알리의 **성공 Tip**

1. 자신의 선택을 믿고 스스로 존중했다.
2. 자신의 선택이 옳았다는 것을 증명하기 위해 피나는 연습을 했다. 다시 말해 땀방울은 거짓말을 하지 않는다는 것을 믿었다.
3. 자신에게 확고한 믿음을 갖고 실천에 옮겼다.
4. 새로운 변화를 위해 과감하게 모든 것을 걸었다.

여성성 리더십의 귀재,
자신의 세계를 활짝 꽃피우다

미첼레 바첼레트 Michelle Bachelet

두둑한 배짱을 가져라

여성도 두둑한 배짱이 필요하다. 다소곳하고 얌전하고 조용한 여성을 우선시했던 지난날의 여성상은 이젠 대접받지 못한다.

여성과 남성을 편가르기 하듯 구별 짓는 시대는 지났다. 여성도 능력이 있으면 어느 분야에서건 자신의 꿈을 키울 수 있는 시대다. 물론 아직까지는 여성의 진출이 제한적인 분야가 있긴 하지만, 과거에 비해 상당히 오픈되어 있는 것은 사실이다.

열린 시대의 여성으로서 갖추어야 할 마인드로 당당하고 두둑한 배짱과 용기는 필수이다. 일을 하다 보면 이런 요소가 반드시 필요하기 때문이다. 그리고 그런 마인드를 갖춘 여성이 자기 일도

잘하고, 능력을 충분히 발휘하여 좋은 성과를 낸다.

두둑한 배짱을 갖추기 위해서는,

첫째, 남성을 능가할 수 있는 실력을 갖춰라. 실력을 갖추면 자신감과 용기가 생긴다.

둘째, 자신을 여성이라고 생각하기보다는 한 사람의 인격체라고 생각하라. 이런 생각은 여성과 남성이라는 성적 구별을 뛰어넘어 남자와 여자를 동등한 입장에서 바라보는 눈을 갖게 한다.

셋째, 스스로 나약한 존재라는 생각을 마음으로부터 지워버려라. 어떤 여성은 스스로 나약함을 드러내 보이기도 하는데, 이런 나약한 마음을 갖지 않는 것이 매우 중요하다. 인간은 생각의 지배를 받기 때문이다.

자신의 능력을 펼쳐 보이며 여성의 우월함을 증명해 보이는 여성들이 점점 더 많아져야 한다. 그래야 여성이 역량을 펼쳐 보일 수 있는 기회도 더욱 많아지고, 만족한 자기의 세계를 확보해 즐거운 자아를 실현하게 될 것이다.

 ## 여성성 리더십의 귀재

남미 최초의 여성 대통령인 칠레의 미첼레 바첼레트Michelle Bachelet!

바첼레트는 2006년 선거를 통해 당당하게 칠레의 대통령이 된 여성이다. 그녀는 대통령이 되기 이전엔 최초의 여성 국방장관을 역임했다. 그녀의 이름 앞에는 최초라는 낱말이 마치 수식어처럼 따라붙는다. 이를 보더라도 그녀는 확실히 남과 다른 자신만의 특기가 있음이 분명하다.

그렇다. 그녀는 남성을 능가하는 포용력과 결단력, 그리고 자신의 뜻을 관철시키는 추진력이 대단히 뛰어났다.

그 일례로 그녀는 남녀 동수의 내각을 구성했고, 자신의 아버지가 군사 정권의 고문으로 희생됐던 과거사 청산을 주도했다. 또한 그녀는 중도 실용주의 리더십으로 건실한 경제 성장을 이끌며, 남미에서는 최초로 2010년 1월 선진국 클럽 '경제협력개발기구(OECD)'에 가입했다.

그녀의 대통령 퇴임을 며칠 앞두고 지진이 발생했다. 건물이 무너지고 도로가 끊기는 등 수많은 인명이 죽고, 다쳤다. 그야말로 하루아침에 쑥대밭이 되었다.

"지금 즉시 각료 회의를 소집하세요."

그녀는 한 치의 망설임도 없이 즉각 소집 명령을 내렸다. 소집 명령을 받고 각료들이 모여들었다. 모두의 얼굴엔 긴장감이 돌았으나 그녀는 빈틈없는 자세로 힘주어 말했다.

"우리는 지금 위기를 맞았습니다. 하지만 이런 때일수록 우리는 힘을 모아야 합니다. 각료들께서도 각자의 위치에서 난관을 수습하는 데 최선을 다해 주시기 바랍니다."

그녀는 차분하고 신속하게 대응하였다. 오전에 각료들과 군 장성들을 대통령궁에 소집해 정부 대책 회의를 열어 약탈이 벌어진 콘셉시온 지역 등에 계엄령을 선포하고, 슈퍼마켓 음식을 피해 지역 주민들에게 무상으로 배포하는 등 응급 조치를 취함으로써 국민들에게 안도감을 심어주었다.

또 그녀는 직접 사고 지역을 뛰어다니며 이재민들을 격려하고 용기를 북돋아 주었다. 칠레 국민들은 최선을 다하는 그녀를 보고 마음에 안정을 찾으며 복구하는 데 몰두하였다.

아이티에 지진이 발생했을 때 어디 있는지조차 몰랐던 아이티 대통령의 행보와 반대되는 그녀의 강력한 리더십은 전 세계인들에게 깊은 인상을 심어주었다.

칠레 국민들은 퇴임하는 그녀에게 84%라는 막대한 지지율을 보내며, 2014년에 다시 대통령으로 만나자며 열광하였다. 칠레는 법적으로 대통령 연임이 금지되어 있다. 그래서 그처럼 높은 지지율에도 대통령에 출마할 수 없었던 것이다.

바첼레트가 성공적인 대통령이 될 수 있었던 것은 남성 못지않은 두둑한 배짱과 용기, 결단력과 판단력, 그리고 통치력이 있었기 때문이다. 또한 투철한 책임감으로 국민을 사랑하고, 진정으로 나라를 생각하는 국가관이 뚜렷했기 때문이다.

한마디로 바첼레트는 여성성을 잘 보여준 탁월한 리더십의 귀재이다.

여성이라서 할 수 없다는 생각을 버려라

여성은 결코 약하지 않다. 오히려 남성보다 강하고 질긴 데가 있다. 그런데 자신을 여자라고 스스로 폄하하는 여성을 종종 보게 되는데, 그런 여성은 어느 것 하나 똑 부러지게 하는 게 없다. 스스로 약한 마인드를 내보이는데 어떻게 강해질 수 있겠는가.

모든 일은 마음먹기에 달렸다는 말이 있다. 마음을 어떻게 갖느냐가 일의 성패를 결정짓는다. 그런데 여성이라서 할 수 없다는 생각을 갖는다면, 스스로 할 수 있는 일도 못하게 된다.

바첼레트가 '나는 여자인데 그것을 어떻게 하지?' 라고 생각했다면 그녀는 아무것도 할 수 없었을 것이다. 그러나 그녀는 한 번도 그런 생각을 하지 않았다.

모든 행동은 생각의 지배를 받는다. 즉, 생각이 시키는 대로 한다. 그러기에 어떤 생각을 하느냐가 매우 중요하다.

따라서 자신의 삶을 역동적으로 살고 싶다면 여자라서 할 수 없다는 생각 자체를 마음속에서 뽑아버려라.

미첼레 바첼레트의 **성공 Tip**

1. 바첼레트가 성공적인 대통령이 될 수 있었던 것은 남성 못지 않은 두둑한 배짱과 용기, 결단력과 판단력, 그리고 통치력이 있었기 때문이다.

2. 투철한 책임감으로 국민을 사랑하고, 진정으로 나라를 생각 하는 국가관이 있었다.

3. 생각한 것은 곧바로 행동으로 옮기고 생각한 대로 적극 실천 하였다.

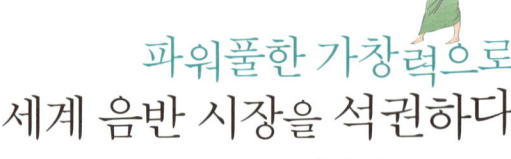

파워풀한 가창력으로
세계 음반 시장을 석권하다

머라이어 캐리 Mariah Carey

 ## 모든 것에 가능성을 열어두어라

사람이 어떤 일을 결정하거나 일을 하다 보면 망설이게 될 때가
있다. '이것을 과연 내가 잘할 수 있을까?' '이 일이 잘될 수 있을
까?' 하고. 이것은 어쩌면 당연한 생각이다.

하지만 너무 조급하게 판단하지 말아야 한다. 모든 일엔 가능성
이 있기 때문이다. 가능성은 그 가능성을 믿는 사람에게만 기회를
준다.

예를 들면, 어떤 사람은 있는 것도 없게 만들지만 어떤 사람은
없는 것도 있게 만든다. 왜 이런 결과가 나오는 걸까? 그것은 생각
의 차이에서 오는 것이다. 모든 것에 가능성을 열어두라는 것은

128 당당하게 도전하고 쿨하게 즐겨라

바로 이런 이유에서다.

내가 속한 문학인 모임에서의 일이다.

그 모임에는 시, 아동문학, 소설, 수필 등 다양한 장르의 문인들이 있다. 그런데 어떤 문제를 논의하다 보면 자주 대립이 있곤 한다. 이런 경우 좋은 측면에서 보면 색깔이 다른 의견을 냄으로써 더 나은 결과를 얻을 수 있다.

하지만 나쁜 측면에서 보면 상대의 감정을 상하게 하여 모임을 어색하게 만든다. 여기서 보다 중요한 문제는 대립을 일으키는 사람이 분위기를 어색하게 만든다는 것이다. 그 사람의 성향을 짚어 보면 늘 부정적인 생각으로 일관한다. 해보지도 않고 무조건 안 되는 쪽으로만 생각한다.

이런 마인드는 자신뿐만 아니라 주변 사람들에게까지 나쁜 영향을 미친다. 그래서 사람들은 그와 함께 하는 것을 그리 달가워하지 않게 된다.

이런 부정적인 마인드로는 그 어떤 일도 즐겁게 할 수 없다. 좋은 결과를 얻기 위해서는 항상 긍정적인 마인드로 모든 것에 가능성을 열어두어라.

 ## 파워풀한 가창력으로 팝의 여왕이 되다
마돈나와 함께 미국 팝계의 전설이 된 머라이어 캐리Mariah

Carey!

그녀는 흑인 아버지와 백인 어머니 사이에서 태어났다. 그로 인해 어린 시절부터 인종 차별을 받으며 힘든 생활을 해야 했다. 그것은 인간으로서 두 번 다시는 겪지 말아야 할 만큼 가혹했다.

그리고 그녀가 세 살 되던 해 부모가 이혼을 했다. 더욱 그녀를 고통스럽게 한 것은 가족이 흩어져 살아야 했던 것이다.

가난은 그녀를 배고프게 했고, 슬프게 만들었다. 그런 가운데서도 그녀는 자신을 믿었다. 자신이 잘될 수 있을 거라는 믿음, 그 믿음이 그녀를 지켜주었다.

머라이어 캐리는 웨이트리스, 미용실 직원 등 아르바이트를 하면서 늘 노래를 불렀다. 그리고 자신이 부른 노래의 데모 테이프를 레코드사에 보내 가수의 꿈을 키웠다.

노력은 반드시 그 대가로 선물을 준다.

그녀는 가수 브렌다의 보조 가수가 되었고, 그의 도움으로 컬럼비아 레코드사의 중역 토미 모톨라와 만남을 갖게 되었다.

이 만남이 그녀의 운명을 바꾸어 놓았다.

"이런 목소리는 처음이야. 이렇게 노래를 잘하다니!"

토미 모톨라는 그녀의 노래를 듣고는 무한한 감동을 받았다. 그는 즉시 연락을 하여 그녀와 음반 계약을 하였다.

"머라이어 캐리, 우리 한번 잘해봅시다. 당신은 분명 크게 성공할 겁니다."

"감사합니다. 기대에 어긋나지 않게 최선을 다하겠습니다."

그녀는 가슴이 벅차 날아갈 것 같은 마음이었다. 피나는 노래 연습으로 하루하루가 피곤했지만 그녀는 즐거운 마음으로 연습에 연습을 다했다.

1990년, 드디어 그녀의 첫 음반이 발매되었고, 그 음반은 빌보드 차트에서 11주나 1위를 차지하며 그녀를 인기 가수로 만들었다.

그후 그녀는 내놓는 음반마다 승승장구하며 성공의 길을 질주하였다.

20년 동안 그녀가 이룬 성과는 빌보드 차트에서 18번이나 1위 자리에 올랐고, 비틀스에 버금가는 최고의 여가수가 되었다.

'신이 내린 목소리' 라는 말을 들으며 미국 팝계의 전설이 된 그녀는 아직도 할 일이 태산처럼 많다.

이렇듯 그녀가 성공할 수 있었던 것은 가난과 시련 속에서도 좌절하지 않고, 끝까지 자신의 재능을 믿고 노력을 아끼지 않았으며, 적극적인 마인드로 자신의 미래를 만들어 나갔기 때문이다. 또한 그녀는 새로운 변신을 거듭하며 자신을 늘 새롭게 변화시켰다.

그녀의 도전은 앞으로도 그녀를 더욱 새롭고 탁월한 가수로 만들 것이다.

자신을 주도하는 여성이 되어라

21세기를 사는 여성은 자기를 주도하는 여성이어야 한다. 다양하고 다변화하는 시대에 남보다 앞서 가며 자신의 역량을 키우기 위해서는 자신을 리드하는 역동적인 마인드를 가져야 한다.

남을 쫓아가는 사람은 항상 남의 뒤만 쫓아간다. 그러나 남보다 앞서 가는 사람은 항상 앞에서 간다.

자신을 주도하고 리드하는 여성이 되기 위해서는,

첫째, 배움을 소중히 하고 배우는 일에 열심을 다하라. 아는 것이 많아야 다양한 사회에서 자신의 역량을 펼쳐 보일 수 있다.

둘째, 진보적인 마인드를 가져라. 급속히 변화하는 사회에서는 남보다 앞서 생각하고 앞서 행동해야 한다. 정적인 마인드로는 급변하는 사회에서 퇴보할 수밖에 없다.

셋째, 실패를 두려워하지 마라. 실패를 두려워하면 잘할 수 있는 일도 그르치게 된다. 소신껏 흔들리지 말고 자신이 목표하는 방향으로 나아가라.

넷째, 이기는 습관을 들여라. 모든 것은 생각하는 대로 된다.

다섯째, 자신의 롤 모델을 정하라. 롤 모델은 살아있는 인생 교과서다.

이 다섯 가지를 마음에 깊이 새겨 실행으로 옮겨라. 실행하지 않는 것은 아무 의미가 없다.

🔑 머라이어 캐리의 **성공 Tip**

1. 가난과 시련 속에서도 좌절하지 않고, 끝까지 자신의 재능을 믿고 노력을 아끼지 않았다.
2. 긍정적인 마인드로 자신의 미래를 만들어가는 데 적극적이었다.
3. 새로운 변신을 거듭하며 자신을 늘 새롭게 변화시켰다.
4. 자신을 리드하고 주도하는 마인드를 가졌다.

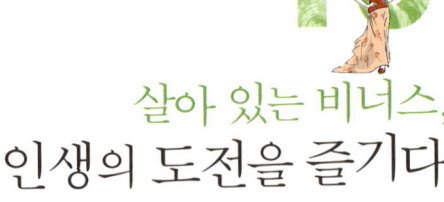

살아 있는 비너스,
인생의 도전을 즐기다

앨리슨 래퍼 Alison Lapper

 ### 부정적인 마인드는 적이다

버려야 할 마인드 중에서 가장 대표적인 것이 부정적인 마인드이다. 부정적인 마인드는 비관적이고 퇴보적이며, 실패적이고 비실현적이다. 부정적인 마인드는 적이므로 마음에서 내몰아야 한다. 그렇지 않으면 부정적인 마인드의 사슬에 걸려 부정적인 사람으로 살아가게 된다.

부정적인 마인드를 떨쳐버리기 위해서는,

첫째, 해보지도 않고 안 된다고 속단하지 마라.

둘째, 나는 할 수 있다는 강한 의지를 날마다 스스로에게 다짐하라.

셋째, 긍정적인 글을 틈틈이 읽어 마음에 새겨라.

넷째, 자신만의 명상의 시간을 갖고, 마음을 조율하는 능력을 길러라.

다섯째, 부정적인 사고를 가진 사람과는 교류하지 마라.

여섯째, 부정적인 말은 하지도 말고, 들어도 마음에 담아두지 마라.

실패한 사람들의 대부분은 결정적인 순간에도 부정적인 마인드를 버리지 못해 재기하는 데 실패했다. 그러나 최악의 상황에서도 떨치고 일어나 자신을 성공적으로 이끌어낸 사람들은 긍정적인 마인드로 극복해냈다.

종이 한 장 차이라는 말이 있다. 그렇다. 긍정과 부정은 종이 한 장 차이이고, 성공과 실패도 종이 한 장 차이에서 온다.

항상 낙관하고 긍정하라.

인생의 도전을 즐기는 래퍼

살아 있는 비너스로 불리며 세계인을 감동시킨 영국의 구족 화가 앨리슨 래퍼Alison Lapper!

"장애는 마음에 있다. 마음을 다스리면 극복할 수 있다."

래퍼의 이 말은 무척 감동적이다. 그녀는 해표지증(바다표범처럼 팔다리가 짧은 증세)의 장애를 갖고 태어났다. 그녀는 생후 6주 만에 엄마로부터 버림받아 복지 시설에서 구박을 받으며 자라야 했다.

그녀는 그런 가운데서도 목표를 세우고 비장애인 틈에서 그림을 배웠다.

"나는 열아홉 살 때 홀로 섰다. 내 인생은 눈으로는 볼 수 없지만 내 손에 있다고 여겼다. 주어진 모든 지원과 보조를 떠나기 위해 시설을 나왔다. 사람들은 어리석다고 수군거렸다. 하지만 그날의 결정으로 인해 모든 것을 내 힘으로 이룰 수 있었다."

그녀는 자신의 말처럼 19세 때 홀로 독립하였다. 하지만 그녀의 시련은 계속되었다. 마치 시련이 그녀를 쫓아다닌다고 여겨질 정도였다.

그녀에게 새로운 변화가 찾아왔다. 22세 때 결혼을 한 것이다. 하지만 그녀의 행복은 오래 가지 못했다. 결혼한 지 9개월 만에 파경을 맞았다. 남편의 학대와 폭력 때문이었다.

그녀는 모든 것을 잊고 그림 공부에만 매달렸다. 그림을 그릴 땐 활력이 넘쳐 나고 행복했다. 혼신을 다해 그림 공부를 한 끝에 브라이턴대학을 최고의 성적으로 졸업하였다.

그녀에게 또 한 번의 새로운 변화가 찾아왔다.

1999년, 그녀는 임신을 하게 된 것이다. 주변 사람들은 축복의 말 대신 아기를 포기하라고 했다. 그런 몸으로 아기를 낳아봐야

고생을 할 게 너무도 뻔했기 때문이다. 하지만 그녀는 미혼모와 장애인이라는 편견을 깨고 아이를 낳았다. 그 아이는 지금 열 살이 되었다. 그녀의 현재 목적은 아들 패리스를 잘 키우는 것이다.

"인생은 어차피 도전이다. 도전이 없다면 지루하다. 그래서 장애가 있는 지금이 행복하고 감사하다."

그녀의 말에는 도전의 목적과 가치가 함축적으로 잘 나타나 있다. 그녀는 장애를 장애로 여기지 않았다. 이런 그녀의 도전 정신은 아름답다 못해 숭고하기까지 하다.

그녀는 "나를 단지 장애가 있는 예술가로 생각해달라."고 당부하였다. 참으로 의연하고 자신의 가치를 존중하는 자세가 아닐 수 없다.

그녀는 자신의 길에서 당당하게 도전을 즐기며 살아간다. 그것이 그녀가 정상인보다 더 아름다운 이유이다.

 ## 도전 아닌 인생은 없다

도전 아닌 인생은 어디에도 없다. 아프리카에도 없고, 아메리카에도 없고, 유럽에도 남미에도 없다. 도전은 사람이 있는 곳이라면 항상 존재하는 인생의 파트너와 같다.

도전은 힘들고 어렵지만 자신이 원하는 것을 성취했을 때의 그 기분은 상상을 초월한다. 그래서 도전을 좋아하는 사람은 힘들고 어려운 걸 알면서도 도전과 모험을 즐긴다.

인생을 힘들이지 않고 산다면 얼마나 좋을까. 누구나 한 번쯤은 생각해 보았을 것이다. 그러나 그렇게 할 수 없는 것이 사람이다.

도전을 즐기기 위해서는 어떻게 해야 할까?

첫째, 인생은 모험이라고 여겨라. 모험 아닌 인생은 인생의 참 가치를 알지 못한다.

둘째, 두려움을 버려라. 두려움은 도전을 방해하는 요인이다.

셋째, 힘들고 어려워도 자신이 원하는 길을 가라.

넷째, 남들의 부러움을 사는 일은 몇 배의 노력을 요구한다. 아니 그 이상을 요구한다. 그래도 해라. 그것이 참 인생의 가치를 가져다 줄 것이다.

우리는 도전이 왜 필요한지 잘 알고 있다. 하지만 알아도 하지 못하는 게 사람이다.

래퍼가 현실의 난관을 이겨내고 가치 있는 인생을 사는 것은 그녀의 말대로 도전을 즐기고, 도전이 없다면 인생은 지루하다는 자신의 철학을 실천했기 때문이다.

도전하라. 그리고 반드시 이겨라.

앨리슨 래퍼의 **성공 Tip**

1. 도전을 즐기며 게임처럼 생각했다.

2. 인생은 도전이라는 마인드로 시련과 고난을 도전 정신으로 극복했다.

3. 긍정적인 마인드로 일관되게 실천했다.

4. 장애를 장애로 여기지 않는 낙관적인 인생관을 가졌다.

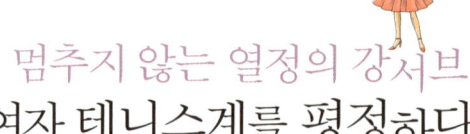

멈추지 않는 열정의 강서브,
세계 여자 테니스계를 평정하다
세리나 윌리엄스 Serena Jameka Williams

 ## 흐르는 강물은 멈추지 않는다

언젠가 석양빛에 물들어 흐르는 남한강을 본 적이 있다. 그때 그 장엄한 광경에 젖어 한참을 바라보고 또 바라보았다. 남한강은 오대산에서 발원하여 골짜기를 타고 내려와 진부를 거쳐 평창과 영월을 흐르고, 충주 탄금대를 휘돌아 목계나루와 부론을 지나고 여주를 거친다. 양수리에서 북한강과 만나 팔당댐을 지나고, 서울로 흘러들어 노량진을 거치고 마포와 김포를 지나 서해에 이른다.

이렇듯 흐르는 강물은 멈추지 않는다. 멈추는 순간 그것은 더 이상 살아 있는 강이 아니다. 고요히 있는 물은 죽은 물이다.

인간의 삶도 이와 똑같다. 변화하지 않고 그대로 머물러 있는 삶은 더 이상 살아 있는 삶이 아니다. 숨만 쉬고 있을 뿐이다. 그래서 흐르는 강물처럼 삶도 흘러야 한다. 흐르고 흘러서 자신이 멈추고 싶은 곳에서 멈춰야 한다. 삶을 자신의 의지대로 끌고 가야 한다.

젊다는 것은 무엇인가? 앞으로 살아갈 날이 많다는 것이고, 따라서 해야 할 일 또한 많다는 것이다. 지금 일이 잘 안 풀린다고, 앞이 꽉 막힌 것처럼 답답하다고 해서 "내 인생이 왜 요 모양이니, 왜 이따구니?" 해가며 슬픔에 잠겨 가슴 치지 마라.

힘들지 않은 삶은 참된 삶의 가치를 잘 모른다. 지금 어려운 길에 처해 있다면 실망하지 말고, 긍정적인 마인드로 받아들여라. 더 나은 길을 가기 위한 도약을 준비 중이라고 생각하고 실행하라. 그러면 반드시 이룰 것이다.

 ## 멈추지 않는 열정의 강서브

세계 여자 테니스계의 여왕 세리나 윌리엄스Serena Jameka Williams!

그녀는 비너스 윌리엄스의 동생으로도 유명하다. 세리나 윌리엄스는 2009년 1월 30일 멜버른파크에서 열린 호주오픈 여자복식 결승전에서 언니 비너스 윌리엄스와 한 팀이 되어 스기야마 아이(일본)와 다니엘라 한투호바(슬로바키아) 조를 이기면서(2:0) 우승을 하여 역대 통산 상금이 2,278만 달러가 되었다.

이런 그녀에게도 가슴 아픈 기억이 있다.

그녀가 데뷔 첫해인 1995년 캐나다 퀘벡에서 열린 테니스대회에서 처음 받은 상금은 고작 240달러였다고 한다.

"처음 받은 상금은 비록 240달러에 불과하지만 머지않아 수십만 달러가 될 것이다. 이제부터 시작이다. 나는 반드시 해내고야 말겠다."

세리나 윌리엄스는 첫 상금을 받고 실망하는 대신 굳은 결심을 하였다.

그녀는 연습을 하고 또 했다. 연습만이 자신의 꿈을 이루는 방책이라고 생각하며 노력에 노력을 다했던 것이다. 그녀가 노력하는 만큼 결과가 나타나기 시작했다. 하는 경기마다 승리를 하며 세계 여자 테니스계를 깜짝 놀라게 했다.

하지만 그녀에게 시련이 찾아왔다. 경기 도중 부상을 당한 것이다. 부상으로 쉬는 바람에 순위가 세계 100위권 밖으로 밀려나는 아픔을 겪어야 했다.

"지금 이 시련은 나의 퇴보가 아니다. 지금보다 더 강해질 수 있는 좋은 기회가 될 것이다. 반드시 그렇게 만들 것이다."

그녀의 다짐에서도 알 수 있듯 그녀는 가슴만 태우는 소극적인 선수가 아니었다. 그녀는 자신을 다독이며 재기의 발판을 위해 이를 악물고 연습에 몰두했다. 오직 연습만이 자신이 살 길이라고 여겼다.

 그녀의 기량은 몰라보게 좋아졌고, 부상 전보다 훨씬 나은 실력을 갖추게 되었다. 그러자 놀라운 변화가 생기기 시작했다. 그녀의 실력을 증명해 보이며 유감없는 경기력을 보여주어 매 경기마다 우승을 했고, 어느 누구와 경기를 해도 당당함을 잃지 않았다.

 비 온 뒤에 땅이 더 단단해지는 것처럼 그녀는 더욱 야무지고 단단해졌다.

 그녀는 호주오픈 통산 네 번째 우승과 메이저 대회 통산 열세 번째 우승을 엿보는 그야말로 최고의 기량을 보여주고 있다.

 세리나 윌리엄스는 2009년 1월 30일, 멜버른파크에서 열린 호주오픈 여자복식 결승에서 우승을 하며 통산 상금이 2,278만 달러가 되었다. 이는 역대 여자 테니스 상금 1위였던 미국의 린지 대븐 포트의 2,214만 달러를 앞서는 것은 물론, 골프계의 여제 안니카 소렌스탐의 2,257만 달러를 앞서는 세계 여자 스포츠 선수 중 최다 상금이다.

 "온몸이 떨릴 정도로 기쁘다. 1995년 퀘벡에서 처음 240달러 수표를 받았을 때만 해도 전혀 상상할 수 없었던 일이다. 내가 이룬 업적이 무척 자랑스럽다."

 세리나 윌리엄스는 자신이 세계 여자 스포츠 선수 중 최다의 상금을 기록한 선수라는 소식을 전해 듣고 감격에 겨워 이렇게 말했다.

　그녀는 비록 초라하게 데뷔하였고, 세계 100위권 밖으로 밀려나는 아픔을 겪었지만 이에 굴하지 않고 최선을 다한 끝에 세계 최고의 선수가 되었다.

　꿈을 가져라. 꿈을 가진 사람은 초라하지 않다. 꿈이 빛을 뿜어내며 감싸주기 때문이다.

역경 없는 삶은 없다

　사람은 살아가면서 역경을 만나게 된다. 역경 없이 살면 좋겠지만 그렇지 못한 게 인생이다. 그러므로 역경을 두려워해서는 안 된다. 역경을 아무것도 아닌 것처럼 여겨라. 그러면 역경도 그런 사람은 피해 간다.

　그러나 역경을 두려워하고 피하려고 하면 역경도 그런 사람을 깔본다. 여성이라고 해서 봐주는 게 없다. 그게 역경의 속성이다.

　세리나 윌리엄스에게 시련과 역경이 없었다면 지금과 같은 빛나는 길을 가지 못했을 것이다. 역경을 이기고 승리하고 싶다면 세리나 윌리엄스처럼 이기는 습관을 들여라. 그리고 무조건 싸워 이겨라. 자신을 이기는 사람이 세상에서 가장 강하고 똑똑한 사람이다. 똑똑하고 강한 사람이 되어라!

🔑 세리나 윌리엄스의 **성공 Tip**

1. 비록 초라하게 데뷔하였지만 개의치 않았다. 빛나는 꿈이 있었기 때문이다.
2. 부상을 잘 극복하고 연습에 몰두해 세계 최고가 되었다.
3. 역경을 아무것도 아닌 것처럼 여기고, 성공의 디딤돌로 삼았다.

제2부
도전, 자신과의 싸움에서 승리하다

영원한 소녀적 감수성,
마르지 않는 열정
박완서

 기가 꺾여서는 안 된다

어느 날 20대 여성 독자로부터 전화를 받았다. 그녀는 스물여섯의 꿈 많은 여성이었다. 하지만 대학을 졸업하고 취직이 안 돼 지금은 의욕도, 꿈도 자꾸만 희미해진다고 했다. 물론 그동안 간간이 비정규직으로 일을 하곤 했지만 그것만으로는 근본적인 문제를 해결할 수 없으니 어떻게 하면 좋겠느냐고 상담을 해온 것이다.

나는 그녀의 말을 듣고 마음이 너무 아팠다. 작가이기 전에 나도 딸을 가진 아버지로서 공감하는 바가 컸고, 기성인의 한 사람으로서 책임이 있는 것만 같았기 때문이다.

나는 위안을 주는 말로 그녀의 아픈 마음을 달래주었다. 그러자 그녀는 선생님한테 털어놓고 나니 그동안 답답했던 마음이 풀리는 것 같다고 했다. 나는 그녀에게 어떤 상황에서도 절대로 기가 꺾여서는 안 된다고 말했다. 기가 꺾이면 마음으로부터 지는 것이므로 다시 용기를 찾는 데 그만큼 힘이 든다고.

그녀는 잘 알았다며 고마워했다. 위안을 얻고 전화를 끊어서 다행이라고 생각하면서도 마음이 아픈 것은 어쩌지 못했다.

어떤 일에도 기가 꺾이지 말아야 한다. 기가 꺾이는 순간 의욕도, 꿈도 바람처럼 날아가버릴 수 있다. 힘들어도 참고 견디어내야 한다. 그러지 않으면 기나긴 인생을 살아가며 겪는 시련을 헤쳐나갈 수 없다.

강해지고 단단해져야 한다. 더욱이 지금 같은 어려운 시기엔 차돌처럼 강해지고 강해져야 한다. 그래야 나이가 들어도 흔들리지 않고 당당하게 살아갈 수 있다.

흔들리지 말고 강해져라. 그것이 역경을 이기고 사는 길이다.

☕ 영원한 소녀적 감수성

불혹의 나이에 장편소설 공모에 당당히 당선한 박완서!

여든이 다 된 나이에도 젊은 작가들보다 더 왕성한 창작 활동을 펼치며 10대에서 60대에 이르기까지 아주 다양한 독자층을 가진 인기 소설가.

《엄마의 말뚝》《그해 겨울은 따뜻했네》《그 남자네 집》등의 작품에서 수려하고 자연스러운 문체로 소설의 진수를 보여준 우리 시대의 대표적 작가인 박완서.

그녀의 작품을 보면 그녀의 꿋꿋한 성격을 알 수 있다.

"글은 그 사람이다."라고 한 프랑스 박물학자 뷔퐁의 말이 딱 맞다는 생각이다. 그녀의 글 속엔 철저하고 반듯한 그녀의 성품이 그대로 배어 있기 때문이다.

그녀에겐 스승 같은 어머니가 있었다.

어느 어머니인들 자식에게 스승 아닌 어머니가 있으랴만, 그녀의 어머니는 그녀에게 아주 각별했다고 한다. 어린 시절 길을 가면서 하도 잘 넘어져 몸을 다치던 그녀의 울음을 달래주고는 이렇게 말했다고 한다.

"길을 갈 때는 걷는 생각만 해라."

잔소리처럼 하던 어머니의 이 말은 박완서에겐 크나큰 인생의 나침반이 되었다.

그녀는 어머니가 자신에게 해준 말의 깊은 뜻을 인생의 등불로 삼은 끝에 오늘의 한국 문학을 대표하는, 그것도 마흔이 넘은 나이로 등단해서 작가가 된 것이다.

그녀가 어머니로부터 받은 인생의 교훈은 반듯함,

그리고 곧은 행동을 의미한다고 하겠다. 그녀는 이렇듯 철저한 의식 속에서 글을 써왔고, 지금도 멈추지 않고 쓰고 있다.

사실 우리 문단에서 여든이 다된 작가 가운데 그녀처럼 열정적인 작가는 찾아볼 수 없다. 그런 만큼 그녀의 작가 정신은 투철하다. 그녀의 소녀적 감수성은 결국 그녀의 투철한 작가 정신에 있다.

노자는 "자신을 이기는 사람이 강한 사람이다."라고 했다.

자신이 자신을 이기는 것은 가장 어렵고도 어려운 일이다. 하지만 그녀는 자신을 잘 알고 자신을 이겨낸 끝에 최고의 작가가 되었다.

우연한 성공은 없다

이 세상에 존재하는 성공은 크든, 작든 우연한 것은 없다. 어떤 성공이든 그 나름대로의 노력의 결과이다.

그런데 힘들이지 않고 잘되기를 바라거나 남보다 나은 삶을 꿈꾼다면 그것은 모순이다.

《무기여 잘 있거라》《노인과 바다》로 유명한 어니스트 헤밍웨이는 자신의 성공에 대해 "나는 우연히 성공한 것이 아니라 꾸준한 노력으로 성공한 것이다." 라고 했다.

노벨문학상 수상 작가이자 미국 최고의 작가인 헤밍웨이도 자신의 성공을 노력에 의해서라고 말한 것을 보면, 그와 같은 대작가도 노력의 중요성을 잘 알고 작품을 썼다는 것을 알 수 있다.

절대로 우연한 성공을 꿈꾸지 마라. 우연한 성공은 없고, 있어도 그것은 우연한 것이 아니다. 그만한 이유가 있어서 성공한 것임을 알고 노력을 다해야 할 것이다.

박완서의 **성공 Tip**

1. 작가 정신이 투철했다. 그녀의 소녀적 감수성은 결국 그녀의 투철한 작가 정신에 있다.
2. 적지 않은 나이에 등단했지만, 그것에 주저하지 않고 꾸준한 창작 활동을 펼쳐 최고의 작가가 되었다.
3. 어떤 일에도 기가 꺾이는 일 없이, 자신의 길을 걸어갔다.

22

톡톡 튀는 열정의 힘,
도전적 삶을 즐기다

한비야

 ## 자신이 원하는 것을 하라

행복한 사람의 유형에는 여러 가지가 있겠으나 자신이 원하는 일을 하는 사람이 가장 행복한 사람이 아닐까 한다. 자신이 원하는 일은 힘들어도 재밌고, 바라는 성과에 다소 못 미쳐도 큰 아쉬움이 없다.

왜일까? 자신이 원하는 일은 그것만으로도 가치가 있고, 만족을 주기 때문이다. 우리는 대개 큰 성과가 있어야 만족을 느낀다고 생각한다.

하지만 자신이 원하는 일은 그 일을 하는 동안 내내 행복을 느끼게 되고, 즐거움을 갖게 된다. 그러다 보니 기쁘고, 흥겹고, 만족감으로 표출되는 것이다.

우리나라 직장인 중 자신이 원하는 일을 하는 사람은 60%에도 못 미치는 것 같다. 자신의 전공과 무관한 일을 하는 사람들이 많다는 이야기이다. 내가 아는 젊은이들 중에는 미술을 전공하고도 건설 회사에 다니는 사람이 있고, 피아노를 전공하고도 휴대폰을 판매하는 사람도 있다.

또 언젠가 텔레비전 쇼 프로그램에서 오랜 시간 힘들여 판소리를 전공하고도 마땅한 일자리를 찾지 못해 방황하고 있는 여성을 보았다. 그 방송이 나간 후 다행히도 그 여성은 일이 잘 풀려 자신의 일을 구했다고 한다.

자신이 원하는 공부를 하고도 다른 일을 하는 이유는 전공한 분야에서 일하기가 수월하지 않기 때문이다.

하지만 나는 그래도 자신이 원하는 분야에서 일을 하도록 기회를 찾으라고 말하고 싶다. 지금 힘들다고 다른 길을 가다 보면 두고두고 아쉬움으로 남기 때문이다. 힘들어도 참고 견디며 자신이 원하는 길을 찾다 보면 반드시 기회를 얻게 될 것이다.

자신이 원하는 일을 하고 싶다면 참고 견디며 이겨내라. 견디어 내는 인생이 잘되고 오래간다.

 ## 톡톡 튀는 열정의 힘

인생을 맛있게, 멋있게 잘 사는 사람들을 보면 참 신선해 보인다. 마치 무더운 날 깊은 산속에서 마시는 청량한 샘물과 같이 시원시원해 보인다.

'바람의 딸'이란 별칭으로 널리 알려진 작가이자, 국제 구호 개발 기구 월드비전의 긴급 구호팀장을 역임한 한비야! 그녀는 대단히 매혹적인 여성이다.

그녀는 남자들도 엄두를 내지 못하는 세계 오지를 탐험하며 여행을 했다. 그것도 여행을 위해 잘 다니던 직장까지 때려치우고.

그녀가 행한 일은 누구도 해내기 힘든 일이다. 그리고 여행의 경험을 책으로 써 많은 독자들에게 꿈과 용기를 심어주었다.

그녀는 자신이 하는 일을 매우 자랑스럽고 감사하게 생각하는, 인생의 참된 가치를 아는, 그 어느 배우보다 그 어느 탤런트보다 그 어느 모델보다 멋진 여성이다.

그녀의 매력은 뭐니뭐니 해도 자신감 넘치는 하이 톤의 속사포 목소리, 그리고 환하게 웃는 모습이다. 이처럼 당당하게 인생을 즐기며 사는 그녀에게도 깊은 사연이 있다. 그녀처럼 똑똑한 여자도 대학 입시에 떨어졌다고 한다. 아버지가 돌아가시고 동생이 있어 재수는 꿈도 꿀 수 없었다고 했다.

그녀는 대학에 떨어진 아쉬움을 그 누구에게 토로할 사이도 없이 곧바로 취업 전선에 뛰어들어 무려 6개나 되는 아르바이트를 하며 가족의 생계를 도왔다.

그리고 그녀가 대학의 문을 두드린 것은 6년 후였다. 그것도 4년 내내 등록금을 주는 학교라 가능했다고 한다. 얼마나 공부가 하고 싶었으면 늦은 나이에, 그것도 막내 동생 같은 어린 친구들과 함께 공부를 했을까? 공부에 대한 열정이 그만큼 컸다는 반증이다.

그녀는 자신의 바람대로 공부를 마치고 좋은 직장에 들어갔다. 승승장구하며 승진도 했다. 회사에서 나가라는 말을 안 하면 평생 먹고살 수 있는 돈도 모을 수 있었다. 하지만 그녀는 달랐다. 그녀에겐 원하는 꿈이 있었다. 그녀는 자신이 원하는 삶을 택해 직장을 그만두고 새로운 길로 나아갔다.

그런 노력이 있은 끝에 그녀는 대한민국에서 가장 멋진 여성으로 행복하게 살아가고 있다. 그리고 50이 넘은 나이에 새로운 도전을 위해 준비하고 있다. 그녀는 도전을 즐길 줄 아는 최상의 여성이다.

그녀는 독자들이 생각하는 자신의 매력에 대해 이렇게 말한다.

"만만한 거지요. 나는 독자들을 가르치려고 하지 않아요. 내 눈높이가 바로 젊은 독자들의 눈높이예요. 전성기를 향해 항상 진행형이라는 것이 젊은이들과 같은 거지요. 나이 들면 사람들은 세상다 산 듯이 '돌아보니 이렇더라'고 쓰기 십상인데 저는 딱 반 발짝 앞에서 내가 목격한 세상을 보여주면서 선택의 폭을 넓혀주지요. 멀리 떨어져 훌륭한 일을 하는 사람이 아니라 똑같이 누군가를 욕하기도 하고, 깨져도 앞으로 조금씩 나가려고 무진 애를 쓰는 언니, 누나로 보는 거지요."

그녀의 말에서 보듯 그녀의 생각은 젊고 발랄하다. 도무지 52세라는 나이가 느껴지지 않는다. 몸과 마음이 푸르게 살아 넘친다.

이것이 독자들이 그녀에게 열광하는 이유이다.

그 어떤 삶도 그냥 이루어지는 것은 없다. 하찮아 보이는 삶도 다 그만한 가치가 있는 것이다. 더군다나 누구나 인정하고, 닮고 싶어하는 인생은 더 많은 열정과 노력이 뒤따랐기에 더더욱 가치가 있다. 이런 상식적인 교훈을 잘 보여준 한비야. 그녀는 분명 우리 시대 젊은 여성들에게 최고의 롤 모델이다.

💛 쉬운 일은 하나도 없다

잘 알고 지내는 중소기업 사장이 있는데 그에게 들은 얘기다. 신입 사원들을 뽑아 일을 가르쳐서 이제 일 좀 할 만하면 회사를 그만둔다고 한다. 직장 생활을 하면서 대기업이나 더 나은 직장을 알아 보다 취업이 되면 그만두기 때문이란다. 그러면서 하는 말이 요즘 취업이 안 돼 놀고 있는 젊은이들이 많다는 소리를 들으면

화가 나기도 하고 안타깝다고 했다. 중소기업은 시시하다고 관심을 갖지 않으려고 하니 자기처럼 중소기업을 운영하는 사람은 힘들다는 것이다.

쉬운 일을 찾는 젊은이들이 많다는 얘기를 들었을 땐 설마 했는데, 그의 얘기를 듣고는 마음이 편치 않았다.

요즘에는 탄탄한 중소기업이 많다. 그런 곳에서 자신의 능력을 키우는 것도 썩 괜찮은 일이라는 생각이다. 그런데도 중소기업을 외면하고 대기업만 선호하며 놀고 있다면 인력 낭비이며 자신의 능력을 소진시키는 일이다.

자신이 원하는 일이라면 중소기업이면 어떤가? 자리 없고 들어가기 힘든 대기업을 굳이 고집할 필요가 있을까?

쉬운 일이란 없다. 대기업이라고 해서 쉬운 일이 기다리는 것도 아니다. 어디서든 자신과 잘 맞는 일이 있다면 시작하는 것도 괜찮다는 생각이다.

보다 중요한 것은 일의 겉모습이 아니라, 회사의 크기가 아니라, 자신의 내면을 충족시켜줄 수 있는 일이어야 한다. 좀 더 내실 있고 실체적인 일을 하는 것이 좋지 않을까?

이에 대한 결정은 오직 각자에게 있다. 현명한 선택이 자신을 행복하게 한다는 것을 잊지 마라.

🔑 한비야의 **성공 Tip**

1. 목표에 대한 도전 정신이 탁월하고, 실천력이 좋다.

2. 긍정적인 사고와 지치지 않는 열정으로 줄기차게 나아가는 탱크 정신을 가졌다.

3. 낙관적인 인생관으로 삶을 즐길 줄 안다.

4. 모험심이 강하고 낯선 일을 두려워하지 않는 강인한 정신력을 가졌다.

5. 언제나 꿈을 꾸고 그 꿈을 현실로 이끌어내는 추진력이 뛰어나다.

스무 살에 새로운 전설을 쓰다

김연아

🍫 목표를 확실하게 세워라

뿌리가 튼튼한 나무가 견고하고 생명력이 길다. 마찬가지로 기초가 탄탄해야 실력을 발휘해 좋은 결과를 얻듯, 목표가 튼실해야 자신이 원하는 길을 무리 없이 갈 수 있다.

그런데 뚜렷한 목표 없이 오늘을 살아가는 20대 여성들을 종종 볼 수 있다. 그저 되는 대로 산다는 식이다. 이는 매우 잘못된 생각이 아닐 수 없다. 하루를 살아도 그에 맞는 목표를 세워야 한다. 목표가 있는 삶과 목표가 없는 삶은 분명히 차이가 난다.

목표가 있는 삶은 활력이 넘치고, 자신감으로 충만하다. 얼굴엔 화색이 돌고 걸음걸이는 날아갈 듯 경쾌하다.

하지만 목표가 없는 삶은 마른 풀같이 시들하고, 자신감이 꺾여

축 처져 있다. 얼굴에는 생기가 없고, 걸음걸이는 무겁고, 힘이 없다.

이치가 이런데 어찌 소중한 삶을 되는 대로 살 수 있을까? 자신을 소중하게 생각한다면 하루하루를 의미 있게 살아야 한다. 의미 없는 삶은 자신은 물론 주변 사람들에게도 답답하고 안타까울 뿐이다.

목표는 자신의 능력 범위 안에서 세워야 한다. 능력을 벗어나는 목표는 현실성이 떨어져 자칫 상실감이 들 수 있다. 그리고 한 번 세운 목표는 확실하게 실행한다는 각오로 해야 한다. 해내지 못할 목표는 세우나 마나이다.

모든 것은 자신에게 달려 있다. 자신을 위한다면 목표를 세우고 있는 힘을 다 쏟아야 할 것이다.

스무 살에 새로운 전설을 쓰다

여자로는 처음으로 세계선수권대회, 그랑프리 파이널, 4대륙대회, 올림픽 등 피겨스케이팅의 그랜드 슬램을 이룬 김연아!

그녀는 여섯 살 어린 나이에 고모가 가져다 준 낡은 스케이트로 피겨스케이팅을 배우며 자신의 꿈을 키워 나갔다. 목표는 피겨스케이팅 최고의 선수가 되는 것. 그녀는 넘어지면 일어나 다시 시도하고, 또 넘어지면 다시 일어나 시도하였다.

차갑고 단단한 빙판에 넘어질 때마다 정신이 번쩍 들 만큼 아프고 괴로웠다. 때론 눈물도 났고, 부상에 시달리며 마음의 상처를 입기도 했다. 하지만 그녀는 어린 마음에도 이를 악물고 참고 또 참았다. 이대로 주저앉는다면 더 이상 자신의 미래는 의미가 없다고 생각했다.

그녀에겐 이런 내적인 어려움 외에도 비싼 스케이트를 살 돈이 없어 여건이 훨씬 좋은 나라 선수들보다 더 한 고생을 해야 했다. 스케이트 날이 무뎌지면 제대로 갈지 못해 발목에 무리가 와 발목이 편할 날이 없었다. 상처로 인해 발목은 늘 멍이 들었고, 고통도심할 수밖에 없었다.

하지만 그녀의 독한 마음은 고통도 잦은 부상의 시련도 다 이겨내게 했다. 모든 것이 열악하고 척박했지만, 그녀는 최선을 다했다. 그녀의 피나는 노력의 결과는 현실로 나타나기 시작했다.

그녀는 2002년, 첫 국제 대회인 트리글라브 트로피대회 우승을 시작으로, 2004~2005 시즌 주니어 그랑프리 피겨대회 1위, 2005~2006 시즌 주니어 그랑프리 파이널 1위, 2005~2006 주니어 피겨선수권대회 우승, 4대륙대회 우승, 세계선수권대회를 우승하며 탄탄대로였다. 그녀는 차세대 피겨 여왕으로서의 입지를 확실하게 굳혔다.

그리고 마침내 자신의 꿈인 2010년 밴쿠버 동계올림픽에서 금메달을 목에 걸며 최고의 순간을 기쁨으로 맞았다. 그것도 피겨 사상 최고의 점수인 228.56점으로 말이다.

이 점수를 두고 미국의 스케이팅 분석가 제이미 맥 그리거는 "만일 이것이 트랙이나 필드 경기였다면 우리는 방금 100미터 달리기 경기에서 8초대 기록이 나온 경기를 본 것."이라고 말했다.

김연아는 잦은 부상과 스트레스로 한때 피겨를 그만두려고 했지만 자신이 가장 잘할 수 있는 것은 피겨뿐이라며 마음을 고쳐먹고 독하게 연습에 몰두하였다. 그 결과 스무 살의 어린 나이에 세계 여자 피겨계의 전설을 새로 쓰며 화려하게 꿈을 이뤄냈다.

시련이 닥쳐도 포기하지 마라

보통 사람들은 잘하다가도 시련을 겪게 되면 쉽게 좌절하고 포기한다. 시련은 포기로 이어지기도 하지만 성공의 길로 이끄는 동기가 되기도 한다. 자신의 목표를 이루고 싶다면 시련이 닥쳐도 포기해서는 안 된다.

시련을 겪지 않는 사람은 없다. 누구나 나름대로 시련의 바다를 만난다. 시련의 바다를 두려워하면 절대로 건너갈 수 없지만 두려

위하지 않으면 충분히 건너갈 수 있다.

자신의 목표를 이룬 사람과 그렇지 않은 사람의 가장 큰 차이점은 시련을 만났을 때 나타난다.

목표 의식이 뚜렷한 사람은 어떻게 해서든지 시련을 이겨내지만 목표 의식이 약한 사람은 작은 시련 앞에도 굴복하고 만다.

만일 김연아가 자신 앞에 놓여진 시련에 굴복했다면 오늘과 같은 영광은 없었을 것이다. 한때 피겨를 좋아했던 보통의 소녀로 남았을 것이다. 하지만 영리하게도 그녀는 자신이 가야 할 길을 분명히 알았고, 자신에게 주어진 시련을 물리칠 수 있었다.

자신의 목표를 성공적으로 이루고 싶다면 시련과 맞서 싸워라. 그리고 반드시 이겨라. 그냥 오는 성공은 어디에도 없으니까!

🔑 김연아의 **성공 Tip**

1. 독한 마음이 고통도, 잦은 부상의 시련도 다 이겨내게 했다.

2. 모든 게 열악하고 척박했지만 자신이 가야 할 길이라고 목표를 정한 후에는 최선을 다했다.

3. 한 가지 동작을 익히기 위해 수없이 넘어지면서도 연습에 연습을 거듭하였다.

4. 타고난 재능에 강한 승부욕을 가졌다.

5. 자신만의 독특한 개성으로 남과 다른 차원의 피겨스케이팅을 했다.

24

세계를 들어 올린
바벨의 여전사
장미란

 즐겁게 사는 자세를 가져라

무엇을 하든 즐기면서 하는 것이 좋다. 즐기면서 하는 일은 힘이 들어도 재밌고, 일의 능률도 부쩍부쩍 오른다. 그러나 마지못해서 한다면 그것처럼 지루하고 괴로운 일도 없다.

일을 즐기면서 하려면 게임처럼 생각하는 것이 좋다. 게임은 날 밤을 새워도 재미있지 않은가. 그래서 사람은 재밌는 일은 자꾸만 하려고 한다. 재밌는 일은 싫증이 나지 않고 해도 해도 마냥 즐겁다.

이에 대한 이야기이다.

두 그룹의 사람들에게 자신이 좋아하는 일과 싫어하는 일을 하게 했다. 자신이 좋아하는 일은 한 사람들은 자신감에 가득 찼고,

얼굴에 생기가 돌았다. 하지만 자신이 싫어하는 일을 해야 했던 사람들은 자신감도 없고, 의욕도 없어 보였다.

이렇듯 자신이 좋아하는 일은 즐거움을 주고, 즐거움을 주는 일은 재밌기 때문에 능률적이라는 걸 알 수 있다. 그 반면에 자신이 싫어하는 일은 거추장스런 옷처럼 맞지 않기 때문에 즐거움을 느끼지 못하고, 능률도 오르지 않는다.

즐겁게 사는 자세를 견지하며 산다는 것은 행복한 일이다. 그런데 한 가지 분명히 해야 할 것은 행복은 그냥 오지 않는다는 것이다. 행복해지기 위해서는 즐겁게 사는 마인드를 길러라. 즐거운 마음을 갖는 것도 습관에서 온다.

세계를 들어 올린 바벨의 여전사

세계 여자 역도의 여제 장미란!

장미란은 2008년 베이징올림픽에서 우리나라 여자 역도 사상 최초로 금메달을 땄다. 그것도 세계신기록을 5개나 경신하며 관중들을 열광시켰다. 더욱이 그녀의 금메달이 의미가 있는 것은 2004년 아테네올림픽에서 은메달에 그친 뒤 마음고생을 많이 했기 때문이다.

장미란은 타고난 재능에다 지독한 연습 벌레다. 그녀는 몸을 사리지 않고 연습을 한다. 힘들고 어려울 땐 가끔 꾀를 부릴 만도 한

데 그럴 줄도 모른다. 그런 데다가 그녀는 겸손하고 배려심이 많다.

"아직도 많이 부족해요. 그래서 더 많은 가능성이 있다고 생각합니다."

올림픽 금메달을 따고 나서 그녀가 한 말이다.

어린 시절 장미란은 그저 평범한 보통 여자아이였다. 그녀는 자신이 역도를 하리라고는 꿈에도 생각한 적이 없었다.

그런데 어느 날, 그녀의 아버지가 뜻밖의 이야기를 꺼냈다.

"미란아, 너 역도 한번 해보는 게 어떻겠니?"

"아빠는, 여자가 무슨 역도야. 싫어! 나 안 할래."

"그러지 말고 한번 해봐! 넌 누구보다도 잘 해낼 수 있을 거야."

"싫다니까, 아빠는……."

역도를 권유하는 아버지에게 여자가 무슨 역도냐며 화를 내기도 했다. 하지만 역도 선수 출신 아버지의 끈질긴 권유에 중학교 3학년(원주 상지여중)이던 1998년 처음으로 바벨을 들었다. 그렇게 운명처럼 역도를 하게 되었다.

그녀는 샤워 시설 하나 제대로 갖춰져 있지 않은 열악한 연습실에서도 피나는 노력을 게을리하지 않았다. 들고 또 들고, 무거운 역기 들기를 수백 번, 아니 수천 번도 더 했다. 그리고 몸무게를 늘리기 위해 먹고 또 먹고, 계속 먹었다. 그녀의 그런 끈질긴 노력이 마침내 두각을 나타내기 시작했다. 국내 대회를 모두 휩쓴 것이다. 더 이상 국내에는 그녀의 상대가 없었다. 그렇지만 그녀의 아름다운 도전은 계속되었다.

그녀는 세계선수권대회를 비롯한 각종 대회에서 우승을 하며 자신의 역도 인생을 활짝 꽃 피울 수 있었다.

뉴욕타임스는 '가장 아름다운 챔피언의 몸매 5인' 가운데 하나로 장미란을 꼽았다. 그녀의 몸은 체지방이 적고 근육량이 많아 선천적으로 힘을 쓰기에 적합한 체질을 갖고 있다는 것이다.

장미란은 올림픽 때의 감동의 여세를 몰아 2009년 세계선수권대회에서 역시 우승을 차지하며 다시 한 번 희망을 쏘아 올렸다. 금메달을 따던 감격스럽던 순간은 지금도 국민들의 가슴에 남아 있다.

어떤 분야이건 최초라는 수식어는 사람들의 마음을 설레게 한다. 그녀가 우리나라 여자 역도 사상 올림픽에서 최초로 금메달을 딸 수 있었던 것은 그녀의 성실함과 끈기, 뜨거운 열정 때문이었다.

"2012년 런던올림픽에서도 좋은 기록을 낼 수 있도록 스스로에게 계속 도전해야 한다고 생각합니다. 아직도 나의 도전은 끝난 게 아닙니다."

당분간은 그녀를 깰 적수는 없다. 하지만 그녀는 자신과의 싸움에서 더 이겨야 한다며 힘주어 말했다.

오승우 역도 감독은 그녀에 대해 말하기를, "인간의 한계가 어디까지인지 모르지만, 장미란의 가능성은 무한하다."며 칭찬을 아끼지 않았다.

지금도 그녀는 바벨을 들어 올리며 땀을 쏟고 있다. 그녀는 자신이 무엇을 해야 하는지를 잘 알고 있는 똑똑한 여성이다.

똑똑하게 일하는 여성이 아름답다

외모를 잘 가꾸어서 아름다운 여성도 있지만 나는 자신의 일을 똑똑하게 하는 여성이 진정으로 아름답다고 생각한다. 자신의 일을 야무지고 똑똑하게 하는 여성을 보면 눈에서 밝은 광채가 난다. 얼굴엔 생기가 돌고, 걸음걸이는 날렵하고 경쾌하다. 또한 매사에 자신감이 넘쳐난다. 그렇기 때문에 아름다워 보이지 않을 수 없다.

요즘 세대는 지나칠 정도로 외모에 집착한다. 외모는 경쟁력이라고 할 만큼 여성들의 마음을 사로잡는다. 하지만 외모만큼 일 또한 똑똑하게 할 때 더욱 아름다운 여성미를 보일 수 있다.

그런데 어떤 여성들은 외모에만 너무 집착한다. 여성으로서 적당한 정도의 미적 감각은 갖춰야겠지만 외모의 늪에 빠져서는 안 된다는 생각이다.

진정으로 아름다운 여성이길 원한다면 자신의 외모를 가꾸는 만큼 똑똑하게 일하는 여성이 돼라.

장미란의 **성공 Tip**

1. 타고난 재능에 더하여 몸을 사리지 않는 지독한 연습 벌레였다.

2. 정상에 올라서도 성실함을 잃지 않고 끊임없이 도전한다.

3. 인내심이 많고 겸손하며, 남을 배려하는 마음이 뛰어나다.

파독 간호사에서 교수가 되다

노은님

🥄 자신의 인생을 멋지게 스케치하라

'내 인생은 나의 것'이라는 제목의 노래가 있다.

그렇다. 자신의 인생은 자신의 것이다. 누구도 아닌 자신의 것인 만큼 소중하다.

살다 보니 그냥 멋있는 인생이 됐다는 사람은 어디에서도 찾아볼 수 없다. 멋진 그림을 그리기 위해서는 정성스럽게 스케치를 하듯 자신의 인생을 멋지게 살기 위해서는 구체적으로 인생을 스케치해야 한다. 그리고 스케치에 따라 물감을 칠하듯 인생 스케치에 따라 차근차근 실행해 나가야 한다.

자신의 인생을 멋지게 스케치하기 위해서는 어떻게 해야 할까?

첫째, 자신의 능력을 최대로 발휘할 수 있는 일에 포커스를 맞춰

라. 능력을 잘 발휘할 수 있는 일이야말로 가장 잘 해낼 수 있기 때문이다.

둘째, 한번 세운 계획은 죽었다 깨어나도 실행하라. 실행 없이는 그 어떤 결과도 없다.

셋째, 자신의 분야에 막힘이 없어야 한다. 그러기 위해서는 관심 있는 분야에 집중적으로 실력을 쌓아야 한다.

자신의 인생을 스케치한다는 것은 자기 꿈의 골조를 세우는 일이다. 골조가 튼튼해야 안전한 빌딩을 건축할 수 있듯, 자신의 꿈을 준비하는 데 있어 한 치의 소홀함도 있어서는 안 된다.

꿈을 품으면 꿈은 이루어진다

1970년 파독派獨 간호보조사로 독일로 일하러 가서 함부르크예술대학 교수가 된 노은님!

그녀는 돈을 벌어 지긋지긋한 가난에서 벗어나려고 홀로 이역만리에서 외로움과 싸워 가며 간호사로 일했다. 그녀는 어린 시절부터 그림 그리기를 좋아했지만 그것을 자신의 미래를 바꿀 재능으로는 보지 못했다. 그저 좋아하는 것으로만 여겼다.

그런데 그것이 재능이 되어 그녀의 삶을 180도로 확 바꾸어 놓았다.

그녀는 힘든 간호사 일을 하면서도 열정적으로 그림을 그렸다.

 그림을 그리는 동안이 가장 행복했다. 그 순간은 외로움과 그리움, 그 모두를 잊을 수 있었다.

그러던 어느 날, 그녀에게 기회가 찾아왔다. 그녀가 독감에 걸려 결근하자 간호사 책임자가 그녀의 집을 찾아왔다가 그녀의 방을 채우고 있는 그림들을 본 것이다.

"오, 이렇게 멋진 그림이 방 한가득이라니! 이 그림을 은님 씨가 그린 거예요?"

간호사 책임자는 매우 놀란 표정을 지으며 물었다.

"네. 제가 그린 겁니다."

"대단히 훌륭합니다. 이런 숨은 재능이 있었다니……."

"감사합니다."

그녀는 간호사 책임자의 말에 깊이 감사하였다. 지금껏 누구에게 그림을 보여준 적도, 그림을 그린다고 말한 적도 없었다. 그런데 우연하게 자신이 그림을 그린다는 게 알려진 것이다.

간호사 책임자는 노은님의 그림이 너무 좋아 앞장서서 도와주어, 그녀는 생각지도 않게 전시회를 개최하게 되었다.

하늘은 스스로 돕는 자를 돕는다는 말이 있듯, 그녀의 노력은 그렇게 해서 많은 사람들에게 보여졌고, 호평을 받았다. 그녀는 더욱 마음을 단단히 하고 그림 그리기에 열중하였다.

열심히 그리다 보니 꿈같은 일이 찾아왔다. 그녀의 그림이 함부르크 국립조형예술대학 한스 티만 교수의 눈에 띄었고, 그의 주선으로 이듬해 함부르크대학에 입학을 하게 되었다. 게다가 한스 티만 교수가 써준 추천서로 4년 동안 장학금까지 받았던 것이다.

그후 그녀는 최선에 최선을 다한 끝에 함부르크 국립조형예술대학 교수가 됐다.

그녀의 그림은 단순하면서도 과감하고, 물고기, 새, 꽃, 개구리 등의 그림이 보는 각도에 따라 또 다른 그림을 보는 듯 다양하게 느껴진다는 평가를 받았다.

그녀는 자신의 그림 철학에 대해 이렇게 말했다.

"화가는 정원을 가꾸는 사람과 같다는 마티스의 이야기에 공감해요. 어느 날 정원에 나가 보면 다 익은 것들도 있고, 아직 손대야 할 것들도 있지요. 그러다 때가 되면 풍성한 수확을 하지요. 그리고 내게는 그림밖에 없어요. 내 멋대로 생각하고 내 멋대로 살아왔어요."

그녀는 자신의 인생은 그림으로 시작되었고, 그림으로 지금을 살고, 그림으로 남을 거라는 굳은 의지를 보여주었다.

가난한 나라 대한민국의 가난한 간호사였던 그녀는 꿈을 잃지 않고, 최선을 다한 끝에 촉망받는 대학 교수로 2막 인생을 멋지게 살고 있다.

꿈을 품어라. 꿈을 품으면 꿈은 이루어진다.

최선을 다하면 기회는 온다

무슨 일을 하든 최선을 다해야 한다. 대충대충 해서 잘되는 것을 한 번도 본 적이 없다. 이치가 이런데도 최선을 다하는 일에 소홀히 한다면 지금보다 더 나은 길이 빤히 보이는데도 갈 수 없다.

사람이 사람인 까닭은 언제나 발전적인 기대감을 갖고 살아가기 때문이다. 지금은 어렵고 힘들어도 얼마든지 잘될 수 있다는 희망을 안고 살아가는 존재가 사람인 것이다.

그런데 지금 힘들고 어렵다고 머뭇거린다면 어떻게 꿈을 실현할 수 있겠는가! 어떤 일에도 머뭇거려서는 안 된다.

노은님 교수는 가슴에 꿈을 품고 나서 한번도 가슴에서 꿈을 떠나보낸 적이 없었다. 그것이 그녀가 성공할 수 있었던 근본적인 힘이었다. 젊다는 것은 그 자체만으로도 힘이 된다. 젊다는 것은 돈, 아니 그 무엇으로도 살 수 없는 무형의 자산이다.

노은님 교수가 기회를 찾았듯이 언제나 자신에게 최선을 다하라. 삶은 최선을 다하는 사람에게 기회를 준다. 그 기회의 주인공이 되어라.

노은님의 **성공 Tip**

1. 가슴에 꿈을 품고 나서 가슴에서 꿈을 떠나보낸 적이 없었다.
2. 언젠가 기회가 올 거라고 믿고 자신만의 개성을 담은 그림 그리기에 몰두하였다.
3. 간호사 책임자와 한스 티만 교수 같은 좋은 멘토가 있었다. 멘토는 곧 기회의 문을 여는 열쇠다.

26

볼로냐국제어린이도서전에서
활짝 웃다

이수지

 ## 눈을 크게 뜨고 하늘을 보라

눈을 크게 떠라. 그리고 하늘을 보라. 하늘은 높고 세상은 넓다는 것을 알게 될 것이다.

그런데 하늘도 높고 세상은 넓지만 할 일은 없다고 외치는 젊은 이들의 한숨 소리가 귓전을 울려댄다. 그 외침이 너무나 안타까워 마음이 아프다. 하지만 언제까지나 그대로 있을 수는 없다.

가령 원주에서 서울 가는 방법을 알아보자.

첫째, 기차를 타고 가면 된다.

둘째, 고속버스를 이용하면 된다.

셋째, 시외버스를 타고 가면 된다.

넷째, 승용차를 이용해서 가면 된다.

다섯째, 택시를 타고 가면 된다.

이렇듯 원주에서 서울을 가는 방법은 아주 다양하다.

이와 마찬가지로 자신이 원하는 일을 갖기 위해 처음부터 자신이 목표로 하는 곳만 고집할 필요는 없다. 자신이 목표로 하는 곳에 들어갈 수 없다면 그보다는 조금 못한 곳이라도 지원을 하라. 그곳에서 일을 배우면서 기회를 찾는 것도 좋은 방법이다. 그런데 왜 다른 일자리를 마다하고 자신이 원하는 곳만 고집하는가? 아무것도 하지 않으며 마음을 졸이는 것보다는 일을 할 수 있는 곳이 있다면 그곳에서 능력을 펼쳐보는 것도 의미 있는 일이다.

눈을 크게 떠라. 틈새 전략이라는 말이 있다. 남들이 아니라고 할 때 그 일을 찾아서 하는 것을 말한다. 물론 남들이 아니라고 할 땐 그만큼 각오를 해야 한다. 하지만 틈새 전략을 노려 의외로 성공하는 예가 많다. 그렇다면 이 말을 좀 더 진지하게 생각해 볼 필요가 있다. 다만 잘 안될 수도 있음을 감안해서.

그래도 해보는 것이 더 낫지 않을까? 때론 모험이라고 여겨지는 것도 해볼 필요는 있으니까.

 ### 모험으로 이룬 성공

뉴욕타임스가 선정한 우수 그림책 《파도야 놀자》의 작가 이수지!

그녀는 국내보다 국외에서 더 알려진 그림책 작가다. 그녀는 2003년 스위스에서 출간된 그림책《토끼들의 복수》로 이탈리아 볼로냐국제어린이도서전에서 '올해의 일러스트레이터'로 선정되었고, 스위스 정부에서 주는 '가장 아름다운 책' 상을 받았다. 또한 국내에서 첫 출간된 그림책《동물원》은 미국에 판권이 수출되어 미국영어교사협회가 주는 '우수 그림책'에 뽑혔다.

이처럼 잘나가는 그녀도 대학을 졸업한 직후에는 동화책 삽화 그리기를 하며 소일을 했다. 그런데 20대 후반이 되자 그림으로 먹고살기가 막막함을 느꼈다. 그녀는 무작정 가방을 꾸려 낯선 땅 영국으로 건너가 한 대학원의 북 아트 과정에 등록했다. 그녀는 그곳에서 책이라는 매체를 활용한 다양한 예술창작에 대한 가능성을 확인하고 공부에 전념했다.

졸업을 앞둔 2001년, 1년 동안 작업한 가제본 상태의 책《이상한 나라의 앨리스》를 들고 볼로냐 도서전에 갔다. 한번 부딪쳐 보기로 한 것이다.

그런데 이탈리아 유명 출판사 편집자가 그녀의 가제본 책을 보고는 마음에 든다며 선뜻 출판하자고 했다. 의외였다. 부딪치니까 기회가 온 것이다. 더구나 아무 연고도 없는 무명의 한국 작가에게 말이다.

"책이 그렇게도 출판될 수 있다는 것, 그리고 유명 출판사 편집자들의 눈이 젊은 무명 작가들에게도 열려 있다는 것을 처음 알았어요."

그녀의 말처럼 눈을 크게 뜨고 둘러보면 기회는 얼마든지 있다.

미국에서 역수입되어 출간된 《파도야 놀자》는 글이 없는 순수한 그림책이다. 스페인, 프랑스, 일본 등 7개 나라에서 출판된 《파도야 놀자》는 그림 색도 단 두 가지뿐이다. 목탄을 이용한 먹색과 파란색이 전부이지만, 파도와 신나게 노는 어린이의 동심이 잘 나타나 있다.

그녀만의 개성이 충분히 반영되었기에 좋은 결과를 얻을 수 있었다.

"그림으로 이야기를 풀어 가다 보면 굳이 글을 덧붙일 이유가 없더라고요. 그림은 아주 보편적인 코드이기 때문에 한눈에 교감하는 것 같아요. 아이들이 제 그림책을 보고 좋아하는 그 순간이 저에겐 감동이랍니다."

자신의 그림에 대해 묻는 사람들에게 이수지가 한 이야기이다. 이 말에서 그녀의 작가 정신을 알 수 있다.

그녀가 만일 안일하게 20대를 보냈다면 지금처럼 유명한 그림책 작가는 되지 못했을 거다. 그녀는 마음이 원하는 대로 시도했고, 모험을 통해 결국 성공했다.

그녀의 성공은 그저 온 것이 아니다. 그녀의 열정이, 노력이, 그리고 모험이 성공을 끌어당긴 것이다.

모험이 필요하면 과감히 실행하라

무슨 일을 하는데, "정말 이건 모험 같은 일이야."라고 생각된다면 어떻게 할 것인가? 이에 대해, "죽기 살기로 한번 해보지 뭐." 하고 시도하는 여성도 있을 것이고, "이걸 꼭 해야 되나? 아무래도 못하겠어." 하고 포기하는 여성도 있을 것이다.

이 경우 누가 성공할 확률이 더 클까?

그것은 첫 번째 여성이다. 왜냐하면 모험이 힘들다는 걸 알고도 실행할 땐 그만한 각오와 도전 정신이 있기 때문이다. 물론 실패할 확률 또한 크다.

하지만 했는데도 안 되는 것과 아예 해보지도 않는 것은 천지 차이다. 해봤다는 것은 다음을 위해서는 매우 훌륭한 공부가 되는 것이다. 그러나 아예 해보지도 않는 것은 경험이나 공부와는 거리가 멀다.

경험이란 참 소중한 것이다. 경험이 있는 사람이 다시 시도할 땐 그만큼 성공할 확률이 높다. 경험이 길라잡이가 되어주기 때문이다.

 편한 길로만 가려고 하지 마라. 편한 길은 언제나 함정이 많다. 편하게 해서 어떻게 좋은 결과를 얻을 수 있단 말인가. 편함을 경계해야 한다.

 이수지 작가가 모험을 시도해서 좋은 결과를 얻었듯이, 진정으로 목표를 이루고 싶다면 모험을 두려워하지 말고 과감하게 실행하라. 요행으로 오는 성공은 진정한 성공이 아니며, 그런 성공은 기대도 하지 마라.

🔑 이수지의 **성공 Tip**

1. 마음이 원하는 대로 시도했고, 모험을 통해 성공할 수 있었다.

2. 자신만의 개성을 충분히 살려내는 탁월한 안목을 가졌다.

3. 기회를 찾는 일에 최선을 다해 기회를 성공으로 만들었다.

당당하게 도전하고 쿨하게 즐겨라

27

독일인도 모르는
독일을 찾다

조성형

자신에게 늘 질문하라

'나는 누구인가?' 라는 물음을 늘 자신에게 던져라. 자신을 똑바로 알아야 더 나은 나로 살아가게 된다. 그래서 옛 성현들이나 철학자들은 끊임없이 자신에게 질문을 하고 스스로 생각하며 답을 찾았다.

지금 사회는 모든 것이 복잡 다양한 구조를 이루고 있다. 과거의 사고방식과 제도로는 새롭게 진화하는 사회 구조를 더 이상 따라갈 수 없다.

그러기 때문에 나의 생각을 바꾸어야 하고, 삶의 가치관을 바꿔야 한다. 즉, 전반적으로 나를 바꿔야 한다. 나를 바꾸기 위해서는 스스로에게 질문하고, 스스로 그 질문의 답을 찾아야 한다.

그런데 지금 20대 여성들을 보면 자신을 찾는 일에 소홀한 것 같다. 그저 눈에 보이는 것만 좇아가려고 한다. 보다 근원적인 삶을 견지해 나가기 위해서는 나를 바로 아는 일에 소홀해서는 안 된다.

이른바 된장녀니, 루저녀니 하는 신조어가 일부 편향적인 마인드를 가진 20대 여성들로 인해 생겨나지 않았던가. 이는 근원적인 마인드가 결여되었기 때문이다. 20대 여성이 갖춰야 할 근원적인 마인드는 여성답게 자신을 가꾸고 창조하는 데 있다. 즉 내면적 가치관을 통해 20대 여성으로서의 행복과 미적 아름다움을 찾아야 한다.

그런데 근원적인 마인드를 소홀히 하고 외향적인 것에만 눈길을 준다면 더 진보하고 발전할 수 있는 기회를 스스로 차단하게 될 것이다.

이런 잘못된 생각을 바로잡기 위해서는 항상 '나는 누구인가?'라는 물음을 통해 자아를 찾는 일에 소홀해서는 안 된다.

자신을 바로 아는 것이야말로 더 나은 자신을 찾는 길이니까.

 ## 길은 어디에나 있다

독일 영화계에서 관심과 찬사를 한 몸에 받는 한국인 여성이 있다. 재독 다큐멘터리 영화감독인 조성형이다.

그녀는 다큐멘터리 영화로는 28년 만에, 그것도 아시아 여성으로는 최초로 막스 오퓔스 영화제에서 최고의 상을 받았다. 막스 오퓔스상은 예술성에 중점을 두며 독일 신인 감독에게 주어지는 값진 상이다.

남의 나라에서 그 나라 사람들과 경쟁을 해서 실력을 인정받는다는 것은 참 힘든 일이다. 흔히 외국인에게 가질 수 있는 그릇된 편견도 있을 것이고, 민족우월주의에서 오는, 팔이 안으로 굽는 일도 있을 수 있다. 그런 보편적인 모순을 깨뜨리기 위해 더 많은 노력으로 실력을 기르지 않으면 안 된다.

그녀는 이런 보편적 관점을 잘 알기에 똑똑하게도 자신을 잘 극복해냈고, 당당하게 실력으로 인정받았다.

인구 1800여 명이 사는 마을 바켄에서는 17년 전부터 헤비메탈 팬들의 축제가 열리고 있다. 조성형의 수상작인 〈폴 메탈 빌리지〉는 해마다 이틀 동안 열리는 이 축제에서 서로 상반된 문화가 충돌하는 것에 초점을 맞추었다. 그 주제는 '고향을 아끼지 않으면 이방인도 받아들일 수 없다.' 이다.

〈폴 메탈 빌리지〉는 독일인들이 보지 못하는 독일의 한 부분을 보여줌으로써 영화 관계자들의 주목을 받았다.

"이방인이기 때문에 더 잘 보이는 것이 많다. 한국에 가면 이제

나도 이방인 같아서 보이는 게 많을 것 같다."

이는 그녀가 택한 작품 소재에 대한 관점을 잘 보여준 말이다. 그녀는 남들이 관심을 갖지 않는 것에 관심을 기울였다. 그 선택은 그녀에게 성공적인 결과를 안겨주었다.

그녀가 다큐멘터리 영화에 관심을 갖게 된 것은 자신의 인생을 좀 더 의미 있고, 새롭게 살고 싶어서였다. 그녀는 자신의 생각을 실현하기 위해 부단한 노력을 기울였다. 노력 없는 결과는 공허함을 남기지만, 열정적인 노력은 빛나는 삶으로 변화시키므로 그녀의 노력은 잠시도 쉬는 날이 없었다.

그녀는 재독 동포지만 항상 마음속에는 조국과 고향에 대한 향수가 자리하고 있었다. 그래서 '고향과 향수병에 관한 영화'를 만들 계획이라고 한다.

그녀는 아시아 여성으로는 누구도 해내지 못한 일을 해냄으로써 '독일인들이 모르는 독일'을 찾아냈다는 평가와 찬사를 받으며, 이 순간에도 더 새로운 내일을 위해 변화를 꿈꾸고 있다.

 ## 꿈은 언제나 열려 있다

누구에게나 꿈이 있지만, 꿈은 누구에게나 자신의 문을 열어주지는 않는다. 꿈은 자신을 찾고, 두드리고, 구하는 자에게 문을 열어준다.

그런데 어느 한 순간 꿈의 문이 열리기를 바란다면 그것은 꿈을 잘 모르는 것이다.

꿈을 찾는 20대 여성들은 많지만, 꿈을 찾기 위해 열정을 바치는 여성은 그리 많지 않은 것 같다. '주어지는 대로 살다 좋은 남자 만나 결혼이나 하자.'는 생각으로는 자기다운 일을 한 번도 해보지 못할 수도 있다. 결혼을 할 땐 하더라도 자기답게 살아보는 것은 자기 인생에 떳떳하고 보람된 일이다.

여자 나이 20대는 그 어느 보석보다 귀하다. 이토록 귀중한 20대를 무의미하게 보낼 수는 없다.

여자 나이 20대는 바람처럼 훌쩍 지나가버  리고 만다. 아주 잠깐이다. 흘려보내고 나중에 후회해봐야 이미 지나간 시간을 되돌릴 수는 없다.

하나님은 인간에게 앞으로 가는 시간만 주었지, 지나간 시간을 되돌리는 것은 절대 허용하지 않는다.

그렇다면 생각을 바꿔라. 지금을 잘 지내야 나중도 잘 지낼 수 있으므로!

🔑 조성형의 **성공 Tip**

1. 인생을 의미 있게 살기 위해 과감하게 도전하고 빛나는 열정을 바쳤다.

2. 이방인의 시선으로 독일인들이 보지 못하는 독일의 한 부분을 보여줌으로써 영화 관계자들의 주목을 받을 수 있었다.

3. 자신만의 개성과 철학을 가졌고, 자신의 목표를 실현시키기 위해 자신을 극복하는 데 최선을 다했다.

그녀, 칸을 정복하다

전도연

 ## 인생의 무대에선 누구나 배우이다

배우가 무대에 서면 연기를 보여주어야 한다. 그냥 아무렇게나 보여주면 다음 무대에서 캐스팅이 되지 않지만 혼신으로 연기를 보여주면 또 다시 무대에 오르게 된다.

우리들 또한 우리 자신의 인생 무대에 선 배우이다. 인생의 무대 역시 되는 대로 연기하는 그런 무대가 아니다. 대충대충 연기해서도 안된다. 자신의 무대를 위해서 혼신의 힘을 다한 연기를 보여주어야 한다.

그리고 또 다른 무대를 위해서 연기 수업도 받아야 하고 부단한 노력도 필요하다.

그런데 내 인생이라고 연기를 대충하려는 사람들을 흔히 보게 된다. '저렇게 하면 안 되는데' 하는 안타까움이 들 때가 많다. 그렇다고 해서 대신 해줄 수 없는 것이 인생의 무대이다.

인생의 무대를 즐기면서 사는 법은,

첫째, 인생을 즐겨라. 인생을 즐기기 위해서는 연기력을 쌓아야 한다. 실력을 갖추라는 말이다.

둘째, 나와 호흡이 잘 맞는 배우와 연기를 해야 한다. 즉, 자신에게 잘 맞는 일을 찾아라.

셋째, 무대에 올랐으면 신명나게 연기판을 벌여라. 그래야 나를 알아주는 사람이 생긴다. 누구에게나 필요한 인생이 되라는 말이다.

삶은 무대이고, 사람은 누구나 인생의 배우다. 하지만 모두가 진정한 배우는 아니다. 실력을 쌓을 때만 진정한 배우가 될 수 있다. 자신에게 충실하고 자신의 인생에 감사하라.

칸 하늘에 대한민국을 심다

천의 얼굴을 가진 영화배우 전도연!

누구나 알듯 그녀는 2007년 3대 국제영화제 중의 하나인 칸영화제에서 여우주연상을 수상하며, 세계 영화팬들에게 깊은 인상을 심어주었다. 이로써 전도연은 역대 60번째 칸영화제 여왕으로 등극하는 영광을 누렸다.

뉴욕타임스는 "<밀양>과 주연배우 전도연이 몇 년 동안 침체에 빠졌던 칸영화제에 새로운 활력을 불어넣었다."고 평가하며, "고통받는 온순한 영혼을 표현해낸 전도연의 연기가 압권"이라고 했다.

한편 <밀양>에 대해서 "캐릭터가 뚜렷하지 않고 소설 같다."고 악평한 미국 영화 전문 잡지 <버라이어티>도 전도연의 연기에 대해서는 "쌓였던 분노를 뿜어내고 다시 태어났다고 느끼는 전도연의 연기는 정말로 대단하다."고 평했다.

또한 프랑스 시사 주간지 <누벨옵세르바퇴르>와 <렉스프레스>는 <밀양>에 평점 4점 만점에 4점을 주었다. 또 영화 전문지 <포지티프>도 만점을 주었다. 그만큼 전도연은 <밀양> 연기로 완성도를 인정받았다.

그녀는 칸영화제 여우주연상을 받음으로써 세계적인 여배우가 된 것이다.

전도연은 1990년 광고 모델로 데뷔하여 1993년 MBC <우리들의 천국>으로 첫 드라마를 시작했고, 그 후 여러 드라마에 출연하며 연기력을 쌓았다. 그리고 1997년 영화 <접속>으로 처음으로 영화에 출연하였다. 그녀는 이 영화로 그해 대종상을 비롯해 청룡영화제 등에서 신인상을 수상하며 영화배우로서의 멋진 앞날을 준비하였다.

이후 〈약속〉 〈내 마음의 풍금〉 〈해피엔드〉 〈인어공주〉 〈너는 내 운명〉 〈밀양〉 등 10여 편의 영화에 출연하였는데, 열 번째 영화인 〈밀양〉으로 칸영화제 여우주연상을 거머쥔 것이다.

"시나리오를 논리적으로 분석하지 않고 좋다 싫다로 나눈다. 또 예쁘게 보이고 싶은 것보다는 그 인물이 되고 싶은 욕구가 크다."

작품 속의 인물이 되고 싶다는 전도연의 말은 프로 정신으로 넘쳐 흐른다.

그리고 보면 그녀는 천성적으로 타고난 배우임을 알 수 있다. 그녀의 연기는 아주 자연스러워서 연기가 아니라 실생활을 본다는 생각이 들 만큼 뛰어나다. 이는 철저한 프로 정신이 아니면 할 수 없는 연기이다.

평론가들은 전도연에 대해 "한국 여배우 가운데 가장 스펙트럼이 넓은 배우다."라고 평가한다.

평론가들의 평가에서 보듯 그녀가 뛰어난 배우가 된 것은 부단한 노력과 식지 않는 열정, 그리고 좋은 배우가 되겠다는 간절한 열망이 있었기 때문이다.

전도연은 한국이 낳은 세계적인 여배우로 더욱 발전해 나갈 것이다. 그녀의 자아 실현은 언제나 현재진행형이므로.

노력은 사람을 속이지 않는다

사람은 사람을 속이고 우롱해도, 노력은 사람을 속이지 않는다. 노력은 정직한 에고이스트로 힘을 들이는 만큼의 결과를 보장해 준다. 자신이 들인 힘은 10점 만점에 5점인데, 10점을 원하면 절대로 10점을 주지 않는다. 힘을 들인 5점만큼의 결과를 주는 게 노력이다.

그런데 사람들은 이런 평범한 이치를 잘 잊어버리고 자신이 들인 노력 이상의 것을 바란다. 자신이 원하는 것을 얻으려면 원하는 만큼 노력을 쏟아야 한다.

27세의 여성 Y가 있다. 그녀의 입에서는 늘 불평이 떠나지 않는다. 자신은 노력했지만 노력의 성과가 신통치 않다는 것이다. 내가 지켜본 바로는 그럴 수밖에 없었다. 노력은 하지만 최선을 다하지 않기 때문이다.

최선을 다하지 않았기에 그녀가 원하는 만큼 결과가 나오지 않은 것이다. 그런데 그녀는 그것을 잘 모른다.

나는 그녀에게 그 문제점에 대해 이야기를 해줬다. 똑같은 시간을 쏟아도 능률적으로 하라고. 그제야 그녀는 자신의 문제점을 깨닫고, 보다 효과적으로 노력을 쏟는 일에 열중했다. 그랬더니 예상대로 결과가 나타나기 시작했다.

Y의 경우처럼 문제는 결국 자신에게 있다. 자신이 그 문제점의

해결 주체가 되어 해결해야 한다. 다른 사람은 조언은 해줄 수는 있어도 해결의 주체가 될 수는 없다.

전도연이 그랬듯이 자신에게 열정적으로 노력을 쏟아부어라. 노력은 사람을 절대로 속이지 않는다.

🔑 전도연의 **성공 Tip**

1. 천성적으로 타고난 그녀의 연기는 실생활을 보는 것처럼 뛰어났다.
2. 철저한 프로 정신을 가졌다.
3. 부단한 노력과 식지 않는 열정, 그리고 좋은 배우가 되겠다는 간절한 열망이 있었다.

하늘이 내린 목소리, 세계가 전율하다

조수미

 ## 오늘을 열심히 살아라

오늘을 잘 살면 내일도 역시 잘 산다. 하지만 오늘을 허술하게 보낸 사람 치고 내일을 잘 사는 이를 보지 못했다. 이것이 삶의 법칙이다.

오늘이 가면 더 이상 오늘의 오늘은 없다. 새로운 오늘이 있을 뿐이다. 그러기 때문에 오늘의 오늘을 잘 살아야 한다.

영국의 사상가 카알라일의 시 '오늘'은 오늘의 중요성을 잘 말해준다. 오늘은 어떻게 사느냐에 따라 축복이 될 수도 있고, 아픔이 될 수도 있다.

나이가 들수록 시간이 가는 속도가 다르다는 것을 온몸으로 느낀다. 청년 시절의 한 시간이 지금은 10분도 안 되는 것처럼 여겨진다. 나이를 먹으면 누구나 느끼는 공통된 생각이다.

그래서 시간을 잘 써야 한다는 생각이 들고, 젊은이들에게 시간을 잘 쓰라고 말하게 되는 것이다. 그런데 20대 여성들은, 어른이니까 공연히 하는 얘기라고 생각하는 것 같다.

하지만 공연히 하는 얘기가 아니다. 겪어 보니 시간이 너무도 빨리 간다는 것을 알게 되었다. 나 역시 20대엔 마냥 푸른 청춘인 줄 알았는데, 지내고 보니 언제 그 시절이 가 버렸는지 모르게 지나가고 말았다.

나이 든 사람들에게 소원을 한 가지만 말해보라고 하면, 다시 청춘으로 되돌아갔으면 하는 게 압도적이다. 그만큼 20대 청춘은 남녀 누구나 다시 돌아가고 싶은 인생의 푸른 계절이다.

여성의 20대는 천금을 주고도 바꾸지 않을 만큼 소중한 시기다. 오늘을 열심히 살고 후회 없이 보내야 한다.

 ## 하늘이 내린 목소리

세계적인 프리마 돈나, 소프라노 조수미!

그녀는 불과 네 살 때부터 피아노를 배우고 노래 공부를 했다. 어린 나이에 놀고 싶은 유혹을 물리치고 매일 8시간씩 음악 공부를 했다고 하니 그저 놀라울 뿐이다.

물론 어렸을 때 어머니의 강권이 작용한 것은 사실이지만, 본인의 의지가 없었다면 결코 해낼 수 없는 일이다.

조수미는 어렸을 때부터 어느 분야든 지는 것을 싫어해 여깡패, 개구쟁이로 소문이 날 정도였다.

이에 대한 재미난 일화가 있다.

초등학교 시절, 여자아이들을 괴롭히던 남자아이의 바지를 전교생이 지켜보는 가운데 벗겨버린 것이다. 이 일은 그녀의 당찬 모습을 엿보게 해준다. 이런 그녀의 악바리 근성은 음악, 미술, 웅변, 등 무엇이든 최선을 다했고, 그녀의 부모는 끊임없는 칭찬과 격려로 자신감을 불어넣어 주었다.

특히 노래를 잘해 초등학교 4학년 때 전국어린이동요대회에서 1등을 했다. 이 일을 계기로 2년 후 그녀는 선화예중을 수석으로 들어갔고, 중·고등학교 6년간 장학금을 받을 만큼 뛰어난 재능을 보였다.

그녀가 악보를 보지도 않고 반주자의 피아노 반주 음이 틀린 것을 정확히 짚어내 심사위원들을 깜짝 놀라게 한 일화는 너무도 유명하다. 그뿐만 아니라 절대음감을 가지고 있어 한 번 들은 음을 정확히 기억해냈다. 한마디로 그녀는 음악적 재능을 갖고 태어난 수재였다.

가난했던 그녀가 로마 산타체칠리아음악원에 수석으로 합격해서 유학 길에 오를 땐 단돈 300달러뿐이었다. 그러나 그녀는 실망하지 않았다. 아니 실망할 수 없었다. 그녀에겐 이뤄야 할 꿈이 있었기 때문이다.

때론 먹을 게 없어 주린 배를 움켜쥐고도 꿈의 열정을 버릴 수가 없었다. 한창 꾸미기 좋아하는 나이에도 화장품 값을 아끼기 위해 맨얼굴로 다녔다. 그러다 보니 얼굴에 기미가 끼고 그야말로 말이 아니었다. 그래도 그녀는 좌절하지 않았다. 그녀에겐 세계 최고의 프리마 돈나가 되는 희망이 있었기 때문이다.

그녀의 열정은 5년을 공부해야 졸업할 수 있는 음악원을 2년 만에 졸업하는 놀라운 성과를 이뤄냈다. 그리고 곧바로 이탈리아 존타Zonta국제콩쿠르에서 1위를 했다. 이어 각종 콩쿠르를 휩쓸었고, 1993년에는 이탈리아 황금기러기상을 수상했으며 곧이어 미국의 그레미상을 수상하였다.

그후 그녀는 세계 유수의 상을 싹쓸이하며 그녀의 진가를 세계에 널리 알렸다. 그녀의 공연을 본 칠레의 에두아르도 프레이 몬탈바 대통령은 "한국의 경제 발전은 잘 알려져 있지만, 이렇게 한 개인의 음악을 통해 국가의 이름을 떨칠 수 있다는 것은 더욱 놀라운 일이다."라고 극찬을 했다.

그녀의 눈부신 발전은 그녀 개인을 넘어 조국인 대한민국의 존재를 전 세계에 알리는 쾌거를 이루어냈다. 참으로 놀랍고도 아름다운 일이 아닐 수 없다.

조수미의 꿈의 열정은 그녀를 세계 최고의 소프라노로 등극시키는 영광을 누리게 했다. 지금도 그녀는 자신의 가치 있는 인생을 위해 쉼 없이 희망의 엔진을 가동시키고 있다.

할 수만 있다면 하라

"내가 과연 이 일을 잘 해낼 수 있을까." 하고 망설일 때가 있는데, 이는 누구나 겪게 되는 마음이다. 그만큼 신중한 생각이 들기 때문이다.

하지만 나는, 할 수 있다면 하라고 말하고 싶다. 하고 싶은 것을 하지 못하는 고통을 잘 알기 때문이다. 하고 싶은 일을 하다가 혹 실패를 하더라도 후회가 덜하다. 그러나 하고 싶은 것을 하지 못하면 후회가 더 크다.

성공적으로 사는 사람들을 보면 자신이 하고 싶은 일을 했다는 것을 알 수 있다. 어떤 일을 하다 보니 지금처럼 됐다고 말하는 사람들도 간혹 있지만 그건 어쩌다 있는 일이다.

그렇다면 문제는 간단하다. 할 수만 있다면 자신이 하고 싶은 것을 하라. 하고 싶은 일을 하는 것처럼 행복한 일도 없으니까.

조수미의 **성공 Tip**

1. 화장품 값을 아끼기 위해 맨얼굴로 다니면서도 꿈의 열정을 버리지 않았다.

2. 세계 최고의 프리마 돈나가 되는 희망의 끈을 놓지 않았다.

3. 어린 나이에도 매일 8시간씩 음악 공부를 할 정도로 집중력이 뛰어났다.

4. 예술성과 천부적인 재능을 지녔다.

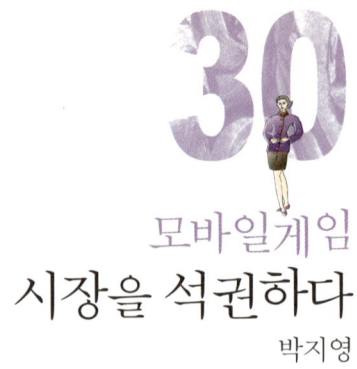

모바일게임
시장을 석권하다
박지영

☕ 직업은 많고, 길은 어디에나 있다

날이 갈수록 다양한 직업이 생겨난다. 사회가 변함에 따라 나타나는 자연적인 현상이다. 이런 사회에서 산다는 것은 어려운 면도 있지만 한편으로는 다양한 직업을 선택할 수 있는 기회 또한 생기는 것이다.

이런 사회 속에서 살아가려면 사고방식 또한 변해야 한다. 현실은 변했는데 낡은 사고방식에 매여 있다면 마치 맞지 않는 옷을 입은 것처럼 거추장스럽다.

생각을 바꾸어야 한다. 그리고 현실적인 측면에서 자신의 진로를 모색해야 한다. 자신이 원하는 일을 해야겠다고 생각한다면 그 일을 하되, 자신이 선호하는 회사가 아니더라도 하라는 얘기다. 현실에 충실하다 보면 기회는 반드시 찾아온다.

그런데 이런 길을 놔두고 꼭 자신이 원하는 회사에서만 뜻을 펼치려고 하니 실업자 신세를 면치 못한다. 그것은 인력 낭비며, 시간 낭비다.

자신의 인생을 성공적으로 살아가는 사람들 중엔 원하는 직업을 바꿔 새로운 도전으로 성공을 이뤄낸 경우가 의외로 많다.

앞에서도 밝혔듯이 그 대표적인 예가 한비야이다. 그녀는 안정적인 직장 생활을 하다 여행가가 되었고, 그 경험을 책으로 써 젊은이들에게 들려주어, 그들이 인생 방향을 설정하는 데 많은 도움을 주고 있다.

직업은 많고 길은 어디에나 있다. 현실이 고단하다고, 앞이 잘 보이지 않는다고 징징거리지 마라. 길은 찾는 자에게 늘 열려 있다.

숙고했으면 신속하게 행동하라

"생각은 다들 비슷한 시기에 합니다. 그러므로 빨리 행동하지 않으면 기회를 놓칠 수 있습니다."

이는 국내 모바일게임 시장을 석권한 모바일게임 업체 컴투스의 박지영 사장의 말이다.

그녀는 1998년 컴투스를 설립해 1999년 국내 첫 모바일게임

서비스를 시작했다. 그리고 꾸준한 개발과 노력으로 10년이 흐른 지금, 그녀는 영국의 모바일 콘텐츠 전문 월간지인 <ME>가 선정한 '2007년 세계 톱 50 경영인'에 뽑힐 만큼 주목받는 여성 CEO로 우뚝 섰다.

연매출액은 200억 원을 넘어섰고, 국내 모바일게임 시장 점유율 1위이다.

그녀는 컴퓨터학을 전공했다. 그리고 1996년 부모님으로부터 500만 원을 빌려 회사를 차렸다. 초기엔 PC통신 콘텐츠 공급이나 가정용 DDR을 개발했다. 그러다 1998년 모바일게임 분야로 재창업을 했다.

1999년 LG텔레콤에서 처음으로 무선 인터넷 사용이 가능한 휴대전화기를 내놓자, 컴투스도 이에 맞춰 모바일게임 서비스를 시작했다. 처음엔 수익을 내지 못하다가 2002년 말 컬러폰이 출시되면서 사업이 급속도로 성장했다.

그러나 그녀가 늘 승승장구한 것은 아니다. 그녀에게도 시련이 따랐다. 2003년, 코스닥 상장 보류와 영업 부진으로 직원들을 떠나보내야 하는 아픔을 겪었다.

"그땐 너무 마음이 아팠습니다. 모든 게 오너인 제 책임인 것만 같았어요. 그때 일을 생각하면 지금도 가슴 한쪽이 저려옵니다."

당시 그녀가 겪었던 고통이 얼마나 컸는지 잘 알 수 있다. 하지만 그녀는 시련에 굴복하고 싶지 않아 아픈 마음을 움켜쥐고 최선을 다한 끝에 흔들리던 회사의 중심을 바로 세웠고, 유쾌한 성장을 거듭하며 밝은 미래를 향해 나아가고 있다.

그녀가 성공할 수 있었던 성공 요인은,
첫째, 철저하게 사업 계획을 세우고 신속하게 행동으로 옮겼다.
둘째, 앞을 내다보는 눈이 있었다.
셋째, 시대의 흐름에 따라 사업의 영역을 전환하는 능력이 뛰어났다.
넷째, 시련을 두려워하지 않는 강인한 도전 정신이 있었다.
"이용자층을 넓히고 장기적인 성장 발판을 마련하려면 브랜드 확대가 필요합니다. 초반에는 기술적 경험을 축적한 뒤 브랜드를 확장시켜 나갈 생각입니다."
그녀의 말처럼 그녀는 지금도 새로운 도전을 꿈꾸고 있다.

 남처럼 해서는 남을 넘어설 수 없다

남보다 나은 내가 되기 위해서는 남보다 더 많은 노력이 따라야 한다. 똑같은 시간에 똑같은 일을 해서는 남을 능가하기 힘들다. 물론 일의 정도에 따라 차이가 나는 경우도 있지만.
아무튼 남보다 나아지기 위해선 남을 넘어서지 않으면 안 된다.

남을 넘어서기 위해서는,

첫째, 남보다 나은 아이디어를 창출해야 한다. 아이디어가 경쟁력이다.

둘째, 개성적이고 톡톡 튀는 자신만의 색깔을 가져야 한다. 몰개성적인 것이나 비슷한 것으로는 더 이상 관심을 끌 수 없다.

셋째, 남보다 더 많은 시간을 투자하고 더 많이 공부하라. 시간이 곧 돈이다. 똑같이 해서는 남을 넘어서기 힘들다.

넷째, 시대의 흐름에 민첩하게 대처하는 능력을 길러야 한다. 변화에 적응하는 속도가 빨라야 뒤처지지 않고 앞서 갈 수 있다.

이 네 가지 요소를 충분히 살린다면 남보다 나은 자신의 길을 확고히 다지게 되어 자신이 원하는 삶을 살아가게 될 것이다.

박지영의 **성공 Tip**

1. 철저하게 사업 계획을 세우고 신속하게 행동으로 옮겼다.

2. 앞을 내다보는 눈이 밝고, 강한 도전 정신이 있었다.

3. 시대의 흐름에 따라 사업 영역을 전환하는 능력이 뛰어났다.

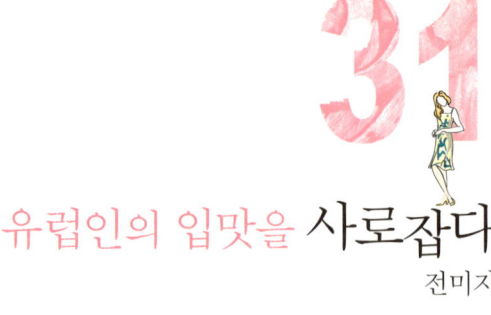

유럽인의 입맛을 사로잡다

전미자

🍫 남들이 안 하는 것을 공략하라

몇 해 전 '블루오션'이라는 말이 트렌드처럼 확산되었었다. 경쟁이 없는 분야에서 나만의 아이템을 갖고 가는 전략은 매혹적으로 사람들의 가슴에 와 닿았다.

할 수만 있다면 가장 이상적인 사업 전략이다. 이런 전략은 기업이든, 공공기관이든, 각 개개인의 사업이든 반드시 필요하다.

다만 아이디어가 따라주지 못하는 것이 문제지만.

남들이 안 하는 것을 찾아내기 위해서는 넓은 시야를 갖는 것이 중요하다. 왜냐하면 좋은 아이디어는 하늘에서 갑자기 뚝 떨어지는 것이 아니라 일상 생활에서 은연중 나타나는 경우가 많기 때문이다. 즉, 아이디어는 생활 가운데 숨어 있다가 자신을 찾아내는 사람에게 좋은 기회로 작용한다. 이런 세심한 관찰력이야말로 남들이 찾아내지 못하는 것을 발견해내는 중요한 요소이다.

그리고 관심 분야에 대해 폭넓은 상식을 길러야 한다. 한 가지보다는 두 가지, 두 가지보다는 열 가지를 아는 것이 숨어 있는 블루오션 전략을 찾아내는 데 도움이 된다.

모든 것은 자신에게 달려 있다. 자신의 옹골찬 의지와 실천이 있다면 얼마든지 해낼 수 있다. 그러니까 사람인 것이다.

유럽인의 입맛을 사로잡은 열정

유럽인의 입맛을 사로잡아 연 매출액 300억을 올리는 사장 전미자!

그녀는 1994년 오스트리아 빈 근교의 쇼핑센터에 테이블 8개를 놓고 레스토랑 '아카키코'를 개업했다. 날 생선이 익숙하지 않은 오스트리아에서 작은 초밥 전문 식당으로 시작해, 지금은 11개의 직영점을 내고, 이집트 카이로 등에 세 곳의 프랜차이즈 레스토랑을 가진 기업으로 성장했다.

전미자 사장은 경영 능력을 인정받아 오스트리아 10대 여성 경제인으로 뽑히는 영광의 기쁨을 누렸다.

1979년 유학생 남편을 따라 오스트리아로 가 간호사로 일하고 식품점도 운영했었던 그녀는 처음 레스토랑 사업을 시작하면서 요리법이 비교적 간편한 초밥을 선택했다. 얼마 후 아카키코의 음식이 맛있다는 입소문이 나기 시작했고 식당은 언제나 손님들로 넘쳐났다.

그녀는 사업 확장을 계획하고 다양한 입맛을 내기 위해 중국, 필리핀, 타이 등 13개국 출신의 요리사를 초빙하였다. 그 결과 아시아 퓨전 레스토랑 아카키코는 진화를 거듭하고 있다.

그녀의 성공 비결은,

첫째, 2주마다 새로운 음식을 2개씩 선보이고, 반응이 좋은 것은 3개월마다 업데이트하여 메뉴판에 싣는다.

둘째, 테이블, 의자, 작은 꽃 하나에도 세심하게 주의를 기울여 식당의 분위기를 산뜻하게 유지했다.

셋째, 주문한 음식이 나오는 데 걸리는 시간은 3분에서 5분이다. 그만큼 신속하고 신선한 음식을 제공한다.

넷째, 서양인의 입맛에 맞춘 새콤달콤한 초밥과 물 한 잔도 최고로 대접하는 서비스 정신을 가지고 있다.

그녀는 오스트리아 사람들이 날 생선에 익숙지 않다는 점을 전략으로 삼았고, 그 전략은 보기 좋게 성공이라는 선물을 그녀에게 안겨 주었다.

여기서 한 가지 짚어볼 것은 오스트리아는 알프스산맥의 산악 지대이므로 날 생선을 접할 기회가 적다. 이런 경우 사람들의 심리는 두 가지로 작용한다. 첫째는 안 먹어 본 것에 대한 호기심, 둘째는 낯선 것에 대한 경계심에서 오는 무관심이다.

하지만 그녀는 용케도 호기심에 대한 심리를 잘 활용한 끝에 사업을 성공으로 이끌었다. 블루오션 전략은 잘만 적용한다면 행복한 결과를 주는 최상의 아이템이다.

행복한 결과를 낳는 삶

어떤 일을 하고 그 결과가 좋게 나타나면 감사하고 기쁘다. 그리고 자신감으로 충만해진다. 이런 행복한 결과를 얻기 위해서는 남다른 노력을 기울여야 한다. 가만히 있는데 저절로 찾아오는 행복한 결과는 없으니까.

블레이크는 "대개 행복하게 지내는 사람은 노력가이다. 게으름뱅이가 행복하게 사는 것을 보았는가? 노력의 결과로서 오는 성과의 기쁨 없이 참된 행복을 누릴 수 없기 때문이다. 수확의 기쁨은 그 흘린 땀에 정비례하는 것이다."라고 말했다.

이렇듯 행복한 결과를 낳으려면 노력을 해야 한다. 노력 없이는 아무것도 얻을 수 없고, 아무런 의미도 찾을 수 없다.

그렇다면 어떻게 할 것인가?

그에 대한 답은 각자에게 달려 있다. 어느 누구도 자기 대신 살아 줄 수 없는 것이 인생이니까!

당당하게 도전하고 쿨하게 즐겨라

전미자의 **성공 Tip**

1. 오스트리아 사람들에게 낯선 초밥을 아이템으로 삼아 호기심을 불러일으켰다.

2. 2주마다 새로운 음식을 선보이고 새 메뉴를 개발하는 데 노력을 아끼지 않았다.

3. 맛과 정성이 담긴 음식은 물론 작은 것도 놓치지 않는 세심함으로 식당의 분위기를 유지했다.

4. 고객들에게 물 한 잔도 최고로 대접한다는 서비스 정신을 가졌다.

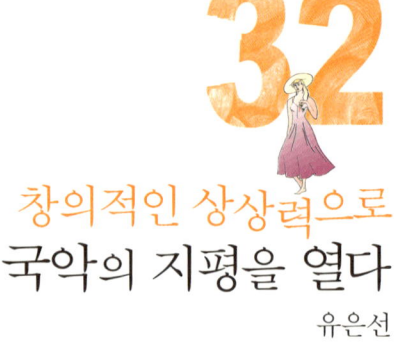

창의적인 상상력으로
국악의 지평을 열다

유은선

 ### 열정의 꽃을 피워라

거듭 말하지만 여자 나이 20대는 활력 넘치는 풋풋한 시기다. 마치 물기를 머금은 라일락 꽃처럼 싱그럽다. 젊다는 것은 생기가 넘치는 것이고, 생기가 넘치는 것은 보는 것만으로도 아름답다.

이토록 아름답고 풋풋한 20대를 의미 있게 보내지 않으면 두고 두고 아쉬움으로 남게 된다. '왜 그때 좀 더 잘 지내지 못했을까.' 하는 생각이 늘 한쪽 가슴을 시리게 한다.

이런 아쉬운 마음에 사로잡히지 않으려면 열정의 꽃을 피워야 한다.

열정이란 무엇인가? 보다 나은 내일을 위해 자신을 아낌없이 자신에게 바치는 것이고, 미친 듯 자신에게 충실한 것이다.

미국의 사상가이자 시인인 랠프 왈도 에머슨은 "사람들은 일 년 먹을 양식을 광 속에 저장하듯이 행복도 비축해 두었다가 하나하나 소비할 수 있는 걸로 생각한다. 이것은 잘못된 생각이다. 사람은 앞으로 나아가지 한군데 머무르지 않는다. 앞으로 나아가는 사람에게는 행복이 따르고, 멈추는 사람에게는 행복도 멈춘다."고 말했다.

위 말에서도 잘 나타나 있듯 한군데 머무르는 삶은 의미가 없다. 그래서 행복도 잘 느끼지 못한다. 그러나 앞을 향해 나아가는 삶은 의미가 충만하다. 그래서 이런 사람에게는 행복이 따라붙는다. 그것도 아주 만족한 행복이.

여자 나이 20대는 행복한 여자로 나아가는 문과 같다. 열정을 품어라. 열정의 꽃을 활짝 피워라!

 창의적인 상상으로 국악의 지평을 열다

국악 연주단 '다스름' 의 단장 유은선!

그녀는 국악고등학교와 서울대 국악과를 나온 재원이다. 하지만 예술계가 대개 그렇듯 국악을 공부한 이들이 전공을 살려 취업하기란 하늘의 별 따기와 같다. 그녀 또한 힘들게 대학을 졸업했지만 앞길이 막막했다. 더구나 연주자가 아니고 작곡자라 더 그랬다.

어디든 불러만 주면 가고 싶었지만 오라는 데는 한 곳도 없었다. 그녀에게는 충격 그 이상이었다. 그녀는 곰곰이 생각한 끝에 결론을 내렸다. 고용해주는 곳이 없으니 스스로 고용주가 되기로 한 것이다.

그녀는 무모한 결정이라며 말리는 지도 교수의 말도 뿌리치고 대학 동창 8명을 모아 연주 단체를 만들었다. 그렇게 만들어진 것이 국악 연주단 '다스름'이다.

지도 교수도 말릴 정도로 우매한 일처럼 보였지만 20년이 지난 지금 '다스름'은 최고의 국악 연주단이 되었다. 외교나 문화 교류 차원으로 해외 공연을 할 때면 가장 먼저 요청을 받는 연주단이 된 것이다. 그리고 함께한 연주자들은 지금 최고의 연주자로 성장했다.

그녀는 중학교 때 무용을 공부했다. 하지만 국악고등학교로 진학하라는 선생님의 조언과, 선생님이 추천한 학교의 교복이 너무 예뻐서 국악고등학교에 입학했다. 그리고 5수 만에 서울대 국악과에 들어갔다.

그녀가 5수를 하면서까지 대학에 들어간 데는 이유가 있다.

"회사를 다녀 보니 기름 몇 드럼 팔았나 더하기 빼기만 하고, 월급도 대졸자의 절반 수준인 것이 충격적이었어요. 여기서 벗어나려면 학교를 가는 수밖에 없다는 생각이 들었어요. 내 인생을 바꾸기 위해서는 대학 아니면 죽는다는 생각으로 5수를 시작했죠."

그녀는 4수에 떨어지고 유류 회사에 취직을 해서 돈을 벌었지만, 그 또한 성에 차지 않았다. 그래서 회사를 다니며 공부한 끝에 드디어 대학에 합격한 것이다. 그렇게 힘들게 대학을 마치고 창의적인 상상력으로 국악의 지평을 연 것이다.

그녀는 초등학교를 비롯해 교도소, 병원 등 소외 지역도 마다하지 않고 찾아다니며 우리의 음악을 들려주고 국악을 알리는 일에 열심을 다했다. 그러던 중 위기가 찾아왔다. 장부에 달랑 만 원만 남아 있었다. 그러나 그녀는 독하게 마음먹고 더욱 열정을 바쳤다. 그러자 기회가 찾아왔다.

"동시에 4개 프로그램을 맡은 적도 있어요. 국악을 전공한 작가가 드물어서 일이 몰렸죠. 가장 기억에 남는 프로그램은 KBS1의 <국악한마당>이에요. 진행자인 이금희씨가 정말 열심히 공부를 하며 최선을 다했어요. 좋은 작가가 좋은 MC를 만든다고 하는데, 전 이금희씨 덕분에 작가로서의 실력을 다질 수 있었어요."

그녀는 국악 전문 작가로 <국악한마당> 프로그램을 맡아 호평을 받았고, 다른 국악 프로그램도 운영하며 국악을 널리 알리는 데 열정의 꽃을 피웠다.

그녀는 작곡가로, 연주단 '다스름' 단장으로, 기획자로 일인 다역을 멋지게 소화해내며 자신의 여성성을 맘껏 펼쳐 더 나은 내일을 향해 달려가고 있다.

쓰러지면 다시 일어난다

사람이 일을 하다 보면 잘될 때도 있고, 잘 안될 때도 있다. 잘될 땐 세상을 다 가진 것처럼 굴다가도 잘 안되면 세상 근심을 다 짊어진 것처럼 행동한다. 그러나 그런 때일수록 정신 바짝 차리고 몸과 마음을 가다듬고, 또다시 기회를 찾아야 한다.

시련과 실패는 누구에게나 찾아온다. 문제는 그것을 잘 극복하는 사람이 있고, 극복하지 못하는 사람이 있다는 것이다. 잘 극복하면 반드시 새로운 기회를 맞게 된다. 그러나 극복하지 못하면 더 이상 앞으로 나가지 못하고 주저앉고 만다.

어떤 일이라도 쓰러지면 일어나라. 일어나 다시 시작하라. 시작하면 반드시 길이 열리게 되어 있다. 다만 그때까지는 아무리 힘들어도 참고 견디어 내야 한다. 미국 프로 농구의 황제 마이클 조던은 "나는 살면서 수많은 실패를 거듭했다. 그 실패가 바로 내가 성공할 수 있었던 이유다."라고 말했다. 실패를 두려워 말고, 쓰러지면 다시 일어나 자신의 길을 가라. 젊다는 것은 다시 시작할 수 있는 시간이 많이 남아 있다는 것이다.

유은선의 **성공 Tip**

1. 위기를 기회로 만드는 적극적이고 능동적인 마인드를 가졌다.

2. 창의적인 상상력과 판단력, 그리고 리더십을 가졌다.

3. 교도소나 병원 등 소외 지역도 마다하지 않고 찾아가 국악을 알리는 열정을 보였다.

4. 일을 즐기면서 하는 예능적인 마인드와 뛰어난 결단력을 지녔다.

세상에서 가장 아름다운 발
강수진

 ## 똑똑하게 살아가라

똑똑한 사람은 공부를 잘하는 사람이 아니다. 공부를 잘하는 사람은 그냥 공부를 잘하는 사람일 뿐이다. 하지만 똑똑한 사람은 자신에게 주어진 것은 무엇이든 잘하는 사람이다.

대개 공부를 기준으로 똑똑하다, 똑똑하지 못하다로 구분 짓는데, 이는 근본적으로 잘못된 것이다. 공부는 잘 못해도 자신의 일을 잘하는 사람이 있다. 가령 손재주가 좋아 공예품을 잘 만들어 그 분야에서 인정을 받는 사람, 또는 노래를 잘해서 그 분야에서 똑소리 나게 잘해 나가는 사람이 똑똑한 사람이다. 똑똑함의 가치를 공부에만 두는 것은 복합 사회에서 시급히 고쳐야 할 문제다.

공부를 잘하는 책상머리들은 공부 외엔 잘하는 게 별로 없다. 대인관계도 미숙하고, 사람이 살아가는 데 갖추어야 할 근본 자세도 미흡하고 자신만 아는 경향이 있다. 그러다 보니 배려심도 부족한 편이다.

왜 그럴까? 그 이유는 친구와 어울리는 법을 배울 때 공부에만 몰입했기 때문이다. 이런 사람은 공부 외적인 것엔 답답할 때가 많다. 이런 사람을 똑똑한 사람이라고 할 수는 없다.

진정으로 똑똑한 사람이 되기 위해서는 자신의 일을 책임 있게 잘해 나가면 된다.

학창 시절에 공부는 잘하지 못했어도 자신이 좋아하는 분야에서 두각을 나타내며 만족하게 사는 사람들이 있다. 그런 사람이 진정으로 똑똑한 사람이다.

발이 가장 아름다운 그녀

세계적인 발레리나 강수진!

그녀는 '세상에서 가장 아름다운 발을 가졌다.'는 찬사를 받는다. 하지만 그녀의 발 모양은 강도 높은 훈련으로 인해 기형적으로 보일 정도다. 이런 발이 아름답다는 말을 듣는 것은 연습에 연습을 거듭한 그녀의 노력과 열정이 아름답기 때문이다.

노력은 사람을 외면하는 법이 없다. 그녀는 무용계의 오스카상이라고 불리는 '브누아 드 라 당스' 최우수 여성무용수상을 수상했다. 또한 동양인 최초로 세계적 권위의 무용상인 독일의 '카머 텐처린상'과 세계적인 천재 안무가 존 크랭코를 기리는 '존 크랭코상'을 받았다.

강수진은 1985년 동양인 최초로 스위스 로잔 발레 콩쿠르에서 우승한 뒤, 세계 5대 발레단의 하나로 꼽히는 슈투트가르트 발레단에 동양인 최초로 입단했다. 그리고 1993년, 슈투트가르트 발레단의 예술감독이었던 존 크랭코가 안무한 <로미오와 줄리엣> 초연 30주년 기념 무대에 줄리엣 역으로 발탁되며 세계적인 발레리나로 거듭났다.

예술감독 리그 앤더슨은 강수진에 대해 "발레리나는 음악을 잘 느낄 수 있어야 하고, 파트너와 호흡을 잘 맞춰야 하며, 숙련된 클래식 테크닉을 가지고 있어야 한다. 특히 자신만의 색깔로 배역을 해석할 수 있어야 하는데, 강수진은 그런 면에서 완벽한 발레리나다."라고 극찬했다.

앤더슨 감독의 말처럼 그녀는 완벽한 발레리나이다. 그녀에게는 타고난 재능도 있었지만, 그보다는 끊임없는 연습이 그녀를 완벽한 발레리나로 만들었다. 노력을 능가하는 재능은 없기 때문이다.

주역 발레리나에게 특별히 필요한 게 무엇이냐는 물음에 그녀는 "무대 리허설뿐만 아니라 연습실에서 부분 연습을 할 때도 감정을 이입해서 마치 실제로 공연하는 것처럼 한다."고 말했다. 그녀의 높은 예술 정신과 열정을 잘 알게 해주는 말이다.

그녀는 소문난 연습 벌레다. 한번 연습에 들어가면 무려 16시간이나 연습에 연습을 거듭한다. 그녀의 발은 피나는 연습만큼이나 일그러지고 기형적인 모습으로 변했다. 그러나 그녀는 연습을 멈출 수 없었다. 연습만이 자신을 최고로 만들어 준다는 것을 잘 알기 때문이다.

그녀의 발은 여자로서 내보일 수 없는 모습이다. 하지만 그녀의 발은 그 어떤 발보다 아름답다. 오늘의 그녀를 있게 한 발이기 때문이다. 그랬기에 서양인들의 전유물로 여기던 세계 발레계에서 동양인으로서 독보적인 자리를 점하고 있는 것이다.

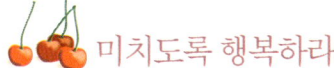 미치도록 행복하라

행복한 사람은 행복을 거저 얻은 것이 아니다. 행복해지기 위해 노력을 했기 때문에 행복을 얻은 것이다. 행복해지기 위한 노력은 힘이 든다. 힘들이지 않고 어떻게 행복을 얻을 수 있을까!

남보다 나은 길을 가는 사람은 남보다 더 많은 노력과 열정을 쏟은 것이다. 남들이 놀 때 일했고, 남들이 잘 때 잠을 줄여가며 노력했다. 그런 노력의 대가로 행복이라는 선물을 받았다.

행복한 길을 알고도 가지 않는 사람은 미련하고 어리석은 사람이다. 이런 사람은 행복을 곁에 두고도 불행을 느낀다.

고대 그리스 시인 호라티우스는 "사람들은 행복을 찾아 세상을 헤맨다. 그런데 행복은 누구의 손에든 잡힐 만한 곳에 있다. 그러나 마음속에 만족을 얻지 못하면 행복을 얻을 수 없다."고 말했다.

호라티우스의 말처럼 행복을 곁에 두고 멀리서 찾지 말고, 마음에 만족을 얻는 것이 중요하다.

"행운을 바라고 행복을 생각하지 않는 사람은 없다. 그것을 얻기 위해 고생하고 방황하며, 또한 지름길을 가려고 도박 같은 일에 손을 대는 사람이 많다. 하지만 사람은 일을 하면서 행운과 행복을 기다려야 한다."

이는 미국의 시인 롱펠로의 말이다.

그의 말처럼 빨리 행복해지기 위해 도박과 같은 사행성에 빠져서는 안 된다. 노력을 하면서 행복을 기다리면 자신이 들인 공만큼 행복해질 수 있다.

여자 나이 20대는 여자의 인생 중 가장 아름다운 시기다. 현실이 고달프다고 자신의 행복을 포기하지 마라. 힘든 만큼 더 노력하고 더 똑똑해져라. 행복은 그런 사람의 손을 잡아 준다.

강수진의 성공 Tip

1. 한번 연습에 들어가면 16시간이나 연습을 했다. 연습만이 최선이라고 믿었다.

2. 자신만의 색깔로 배역을 해석해 내는 독창성을 가졌다.

3. 연습도 실전처럼 하는 성실함과 완벽함이 있었다.

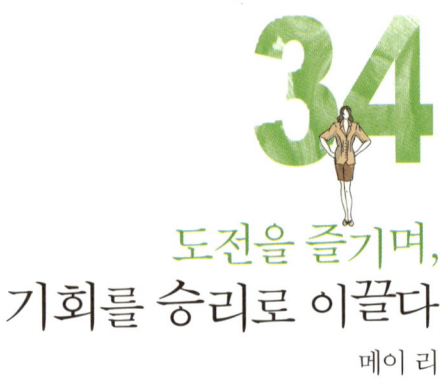

34

도전을 즐기며,
기회를 승리로 이끌다

메이 리

 도전의 용기

자기가 원하는 일에 도전하는 것처럼 아름다운 일은 없다. 도전 정신이 강한 사람을 보는 것만으로도 용기가 생기고, 나도 할 수 있다는 자신감이 든다.

도전이 사람들의 마음을 들뜨게 하는 건 뜨거운 욕망이 마그마처럼 내면으로부터 솟아오르기 때문이다.

히말라야 8천 미터급 14좌 등정이라는 목표를 가지고 자신과 싸움을 벌인 산악인 고미영은 12번째 봉우리인 낭가파르바트 등정을 성공하고 하산하다 실족사 했다. 그 분야에서 여성으로서는 세계 최초라는 목표를 눈앞에 두고 있었기에 그녀의 죽음은 많은 사람들을 안타깝게 했다.

하지만 그녀의 도전이 많은 이들에게 감동을 준 것은 키 160센티미터에 몸무게 48킬로그램이라는 작은 체구로 건장한 남자들도 할 수 없는 일에 도전을 했기 때문이다.

도전은 사람들을 흥분하게 하고, 감동으로 이끌어내는 매력이 있다. 더구나 죽음도 불사하는 도전은 경외감마저 들게 한다. 이런 것이 도전의 미덕인 것이다.

똑똑하게 일하고 미치도록 행복할 수 있게 20대의 젊음을 아낌없이 쏟아부어라.

 ## 기회를 승리로 이끌다

"열심히 일하는 것, 그것이야말로 미국에서 보이지 않는 차별을 극복하는 비결입니다."

이는 세계 최대의 뉴스 전문 방송사인 CNN의 첫 한국계 여성 앵커로, 오프라 윈프리가 만든 여성 토크쇼 사회자를 맡았으며, 동남아 일대에 방송되는 토크쇼인 〈메이 리 쇼〉를 제작 진행하는 메이 리의 말이다.

그녀는 도전과 모험을 즐기는 똑똑하고 멋진 여성이다. 그녀는 대학에서 언론학을 전공하고, 샌프란시스코 지방 방송국의 조연출자로 방송계에 입문하여 열정과 끈기, 탁월한 능력으로 미국 3

대 방송사의 간판 앵커를 모두 거쳤다.

"그때 전 무엇이든 다 했습니다. 카메라맨이자 기자였고, 작가, 운전기사 역할도 했지요. 그러다 좀 더 큰 방송국으로 옮겼고, 그 때 일본 NHK의 눈에 띄어 도쿄에서 일했습니다. 그러면서 CNN 도쿄 특파원을 맡았고, 본격적인 언론계 경력을 쌓기 시작했지요."

대단한 열정과 신념이 나타나 있는 말이다. 그리고 그녀는 당당하게 말한다.

"제가 못할 것이라는 말이 나오지 않도록 해야 합니다. 지금까지 제가 여자라서 못한다는 편견을 심어주지 않았습니다. 겁먹지도 않았고요. 그렇게 도전을 즐기다 보니 제게 기회를 주더군요."

메이 리의 말처럼 그녀는 게임을 하듯 도전을 즐긴 똑똑한 여자다. 또한 자신에게 주어진 기회를 놓치는 법이 없었다. 그만큼 자신에게 찾아온 기회를 잘 살릴 줄 아는 능력을 가졌다.

자신의 일을 사랑하고 자신의 일을 잘하기 위해 몸을 아끼지 않고 열정을 바친 후회 없는 도전이 그녀의 삶을 돋보이게 한다.

한 사람의 도전 정신이 많은 사람들에게 감동을 준다는 것은 도전만큼 생생한 드라마가 없다는 것에 대한 반증이다.

"2004년 아시아에서 돌아왔을 때 여성 채널이 없다는 것을 깨달았어요. 사회 진출이 활발해지는 여성의 목소리를 대변해야겠다는 생각이 들었고, 여성 토크쇼의 성공을 예감했습니다."

이는 메이 리가 제작자로서 2막 인생을 시작한 이유에 대한 말이다. 그녀의 신념이 확고한 이상 새로운 도전 역시 그녀의 삶을 행복하게 만들 것이다.

감동 있는 삶을 살아라

감동이 있는 삶은 한 편의 드라마처럼 짜릿하고 아름답다. 감동이 있는 삶은 최선의 삶이며, 최고의 행복이다.

하지만 감동 있는 삶을 산다는 것은 쉽지 않다. 피나는 노력과 땀방울을 흘려야 한다. 땀방울이 아름다운 보석처럼 여겨지는 것은 열정과 성의가 고스란히 담겨 있기 때문이다.

토머스 로버트 게인즈는, "꿈꾸는 것도 훌륭하지만 꿈을 실행에 옮기는 것은 더 훌륭하다. 신념도 강하지만 신념에 실행을 더하면 더 강하다. 열망도 도움이 되지만 열망에 노력을 더하면 천하무적이 된다."고 했다.

또 미국의 저명한 강연가이자 자기 계발 전문가인 노먼 V. 필 박사는, "어느 분야에서든 성공한 사람들은 모두 쉬지 않고 부지런히 자신이 뜻하는 바를 향해 걸어갔던 사람들이다."라고 말했다.

그렇다. 토머스 로버트 게인즈나 노먼 V. 필 박사의 말처럼 감동이 있는 삶은 열망에 노력이 가해질 때 나타난다.

　보통으로 해서는 감동적인 삶을 기대할 수 없다. 여자 나이 20대! 최선을 다해 감동 있는 삶을 살아라.

🔑 메이 리의 **성공 Tip**

1. 카메라맨이자 기자, 작가, 운전기사 등 도전을 위해서라면 무엇이든 했다.

2. 여자라서 못한다는 편견을 없애려고 완벽하게 일을 처리했다.

3. 게임을 하듯 도전을 즐기고, 자신에게 주어진 기회를 놓치지 않았다.

여성의 섬세함으로
철을 정복하다

장재필

 직업은 남녀 성별을 가리지 않는다

현대 사회는 직업의 선택에 남녀 성별을 굳이 따지지 않는다. 남성의 분야에서 여성이 일하고, 여성의 분야에서 남성이 일한다. 어떤 분야에서든 능력만 있으면 자신의 뜻을 펼쳐나갈 수 있다.

하지만 아직도 주변 사람들의 눈치를 보며 직업 선택을 망설이는 젊은이들을 볼 수 있다. 그들이 대신 일을 해줄 것도 아닌데 말이다.

자신의 결심이 확고하다면 눈치도 보지 말고, 기도 꺾이지 말고, 자신이 원하는 대로 하라. 자신보다 더 자신을 잘 아는 사람은 없다.

브라이언 트레이시는, "중요한 것은 희망하는 것, 바라는 것이나 의도하는 것이 아니라 행동하는 것이다. 당신의 선택이 실질적으로 당신이 어떠한 사람인지를 분명히 말해준다.”고 했다.

그렇다. 희망하는 것보다 행동하는 것이 더 중요하다. 아무리 생각을 골백번 한들 행동이 따르지 않는다면 아무런 소용이 없다.

지금 이 순간도 주변 사람들 때문에 망설이고 있다면 망설임으로부터 과감히 떨치고 나와라. 그리고 두 번 다시는 흔들리지 말고 의연하고 힘차게 자신의 길을 가라.

여성의 섬세함으로 철을 정복하다

포스코! 세계 굴지의 우리나라 철강회사. 이 포스코의 여자 직원으로는 최초로 기능장 시험에 합격한 장재필 기능장. 그녀는 포항제철소 품질관리과 직원으로 근무하고 있다.

그녀가 처음 포스코에 입사했을 때는 행정직 직원이었다. 그런데 어느 날 갑자기 오랫동안 일해온 행정직 자리를 박차고 기능직 직원으로 변신을 꾀했다. 주변 사람들이 생각할 땐 이해가 되지 않는 행동이었다. 남들 같으면 사무실에서 편하게 일하는 행정직 직원이 되길 바란다. 하지만 그녀는 자신의 새로운 가치를 찾고 싶었다.

“왜, 고생을 사서 하려고 해요?”

“새로운 일을 한번 해보고 싶어서요.”

"그래도 그렇지. 그게 어디 쉬운 일인가요?"

"이 세상에 쉬운 일은 없지요. 그렇지만 새로운 일을 하는 것도 괜찮다고 생각해요."

"난 그런 생각 한 번도 해본 일이 없는데……."

직장 동료의 말에 그녀는 소리 없이 웃었다. 주변 사람들이 만류했지만 그녀의 확고한 결심은 누구도 막을 수 없었다.

3개월 동안 기계시험, 조직시험 등 실무교육을 받고 현장에 배치돼 열심히 일하며 자격증 시험 준비에 몰입했다.

두 아이의 엄마인 그녀는 가정일과 직장 일을 하는 빠듯한 시간을 쪼개 공부에 전념하였다. 공부를 하는 내내 많이 힘들었지만 결코 중도에 포기할 수 없었다. 그녀는 최선을 다해 공부했고, 기능직으로 전환한 지 9개월 만에 남자들도 추풍낙엽처럼 죽죽 떨어지는 기능장 시험에 당당히 합격하였다.

그녀에겐 기능장 자격증 외에도 산업안전기사, 기능사 1·2급, 정보처리 1급, 조리사, 영양사 등 공인 자격증만 10여 개가 있다. 또한 그녀는 사내 업무 개선 운동인 '식스시그마 그린벨트 자격증'도 취득해 '공부하는 직원'으로 통한다. 한마디로 그녀는 맹렬 여성이며, 자신의 가치를 다각적으로 표출해낸 주체성이 강한 여성이다.

손에 기름때 묻히는 남자들의 일로만 여겼던 기능 분야에서 당당하게 기능장으로 일하는 그녀는 도전의 즐거움을 아는 여성이다. 도전의 즐거움을 모르면 그녀처럼 실행하기가 매우 어렵다.

포스코에서도 그녀의 도전을 매우 긍정적으로 평가해 여성 기능 인력 양성 차원에서도 매우 의미 있는 성과라며 만족해하고 있다.

뜻이 분명하다면 실행하라

보편적인 생각과 다른 선택을 할 땐 머뭇거리게 된다. 보편적인 생각에서 벗어나면 안 되는 것처럼 여겨지기 때문이다. 그러나 이런 보편적인 생각을 깨지 않으면 하고 싶은 일을 할 수 없다.

부의 나눔을 실천한 조선시대의 김만덕, 에세이스트 전경린, 화가 나혜석, 무용가 최승희처럼 과거 선각자 역할을 했던 이들은 고정관념을 깨고, 사람들의 싸늘한 시선을 뚫고, 자신이 하고 싶은 일을 했다. 그 당시로선 매우 파격적인 일이었지만 그들은 망설임 없이 실행했다.

오늘날 그들은 시대를 앞서 간 여성으로 조명을 받으며 역사의 한 페이지를 화려하게 장식하고 있다.

자신이 하는 일이 보편적인 생각으로부터 벗어나 있다 해도 뜻이 분명하다면 망설이지 말고 하라. 하되, 중도에서 포기하지 마라. 포기하는 순간, "그것 봐. 안될 줄 알았어. 여자 주제에 무얼 한다고." 하는 소리가 속을 긁어대며 씁쓸하게 만들 것이기 때문이다.

남다른 일에 뜻을 세웠으면 강해지고 독해져라. 그리고 준비를 철저히 해 약한 모습을 보이지 마라. 쓰러지면 다시 한다는 신념으로 시작하라. 그러면 반드시 이룰 것이다.

장재필의 **성공 Tip**

1. 자신의 새로운 가치를 찾기 위해 확고한 신념으로 독하게 실천하였다.
2. 도전의 즐거움을 알고 즐길 줄 아는 마인드를 가졌다.
3. 목표가 뚜렷하고, 자신의 목표를 위해 매진하는 강한 정신력을 가졌다.

보스턴 심포니 종신 단원이 되다

이주람

다양한 지식을 갖춰라

복합적인 사회 구조 속에서 자아를 실현하고, 만족한 삶을 살기 위해서는 다양한 지식을 갖추는 것이 무엇보다 중요하다. 단세포적인 생각과 지식으로는 물밀 듯 쏟아지는 다양한 정보와 문화를 받아들이기 힘들다. 글을 모르는 것을 일러 '문맹'이라고 하듯, '문화적 문맹'이란 글자 그대로 문화에 대해 잘 모름을 의미한다.

사람이 빵만으로 살던 시대는 지났다. 지금은 배가 불러도 정신적으로 빈곤하면 삶이 유쾌하지 않다. 문화는 정신적 빈곤을 채워주는 소울 푸드Soul Food다. 소울 푸드란 영혼의 양식이란 의미다.

소울 푸드는 치열한 삶의 경쟁으로 메마른 정서를 치유하는 매우 중요한 요소이다. 이러한 소울 푸드를 마인드 뱅크Mind Bank에

축적하기 위해서는 다양한 지식을 갖춰야 한다.

여기서 마인드 뱅크란 '마음의 은행'이란 의미로 정서적 충만함을 뜻한다. 정서적 충만함은 복잡한 현대 사회를 살아갈 때 윤활유 역할을 하므로 반드시 필요하다.

정서적 충만함을 위해서는,

첫째, 다양한 독서를 즐겨라.

둘째, 뮤지컬과 연극 공연, 음악과 영화를 즐겨라.

셋째, 그림을 감상하고 즐겨라.

넷째, 자신에게 맞는 취미 생활을 즐겨라.

이 밖에도 다양한 문화적 프로그램이 있다. 부지런하면 큰돈 들이지 않고 얼마든지 정서적 충만함을 즐길 수 있다.

열정의 아티스트, 꿈을 이루다

보스턴 심포니 오케스트라의 종신 단원 이주람!

그녀는 세계적 지휘자 제임스 레바인이 이끄는 미국의 명문 교향악단인 보스턴 심포니 오케스트라의 종신 단원이 되었다. 그것도 평균 연령 50대인 쟁쟁한 단원들의 틈바구니에서 스물네 살의 어린 나이로.

보스턴 심포니 사상 두 번째로 최연소 종신 단원이 된 것이다.

보스턴 심포니의 오디션은 까다롭기로 유명하다. 1년 전 입단

자격을 주고 여러 번에 걸쳐 함께 연주를 하며 테스트를 한다. 먼저 오케스트라 단원 전체의 의견을 듣고, 최종적으로 몇몇 심사위원들이 결정을 한다. 실력만이 아니라 인간관계에도 문제가 없는지 살펴본다.

뉴욕타임스가 '향후 30년간 세계 음악계를 이끌어갈 30명의 젊은 아티스트'로 선정했던 재미 동포 2세 바이올리니스트 줄리엣 강은 보스턴 심포니 부악장 오디션에서 떨어진 뒤, 필라델피아 심포니 오케스트라의 부악장이 됐다. 이 예를 보더라도 보스턴 심포니의 오디션이 얼마나 까다로운지 알 만하다.

이주람은 욕심이 많은 만큼 뭐든지 열심히 한다. 그녀는 뉴잉글랜드 컨서바토리(석사 과정)를 마치는 대로 연기 수업을 할 계획이다. 배우의 꿈을 키우기 위해서다.

보스턴 심포니 종신 단원은 1년 스케줄을 미리 알 수 있어 계획에 맞게 자신의 시간을 조절할 수 있는 장점이 있다. 그래서 비는 시간에 자신이 하고 싶은 것을 할 수 있다.

그녀는 영어, 프랑스어, 독일어, 스페인어 등 4개 국어를 구사한다. 뿐만 아니라 그림 그리기, 액세서리 만들기, 요리에도 일가견이 있다. 또한 클래식을 하면서도 재즈와 록을 좋아하고, 상당한 식견도 갖고 있다.

"록 그룹 '라디오 헤드'와 '레드 핫 칠리 페퍼스'를 좋아해요. 음악에 클래식 한 가지만 있는 게 아니잖아요. 클래식 분야에서도 오케스트라뿐 아니라 실내악 연주도 열심히 할 생각이에요."

그녀의 다양한 음악적 관심을 알 수 있는 말이다. 또한 신세대 음악인답게 사고도 열려 있음을 볼 수 있다.

그녀의 다양한 지식은 복잡한 사회 구조 속에서 정서적 충만함을 즐기며 만족한 삶을 살아가는 데 큰 도움이 되고 있다. 그녀는 현대 사회의 다양성을 잘 알고 있는 똑똑한 여성이다.

🥤 배워서 자기도 즐기고 남도 주어라

'배워서 남 주냐?'는 말이 있다. 이 말은, 배우면 모두 자신의 것이 되고, 자신에게 유익하다는 것을 뜻한다.

그러나 이 말은 좀 바뀌어야 한다. 배워서 자기도 즐기고 남도 주라고. 무엇이든 배워 두면 좋다. 배움은 어디서든 누구에게든 필요한 삶의 영양소와 같으니까.

'무식한 게 똥고집만 있다.'는 말이 있다. 이는 아는 것 없이 자기 주장만 하는 사람을 비꼬아 하는 말이다. 자신이 원하는 것을 맘껏 펼치며 만족한 삶을 살기 위해서라도 다양한 배움을 가져라.

필립 G. 해머튼은, "우리 내면의 가장 훌륭한 점을 꾸준히 훈련시키고 교육하는 것이야말로 가장 행복한 삶이다."라고 말했다.

자신을 갈고 닦는 일은 자신의 내면을 충만하게 하는 일이며, 그것으로 인해 얼마든지 행복해질 수 있다.

이주람과 똑같이는 아니더라도 그 반만이라도 한다면 보통의 20대 여성보다는 훨씬 만족한 생활을 하게 될 것이다.

몸도 마음도 다 오픈시켜라. 그리고 맘껏 배우고 즐겨라.

이주람의 성공 Tip

1. 욕심이 많은 만큼 무엇이든지 열심히 하는 적극적인 마인드를 갖고 있다.

2. 자신의 분야는 물론 여러 분야에서 다양한 배움을 즐기는 높은 학구열을 지녔다.

3. 결심한 것은 반드시 해내는 강인한 실천력을 갖고 있다.

비디오카메라에 꿈을 싣고

권우정

 ## 시작이 반이다

시작이 반이라는 말이 있듯, 생각한 것은 망설이지 말고 즉시 시작하라. 망설이다 보면 자신의 아이디어나 계획을 다른 사람에게 빼앗길 수 있다. 그것처럼 허무하고 약 오르는 일도 없다.

사람들의 유형을 크게 두 가지로 보면, 첫째 유형은 생각은 잘하는데 실천으로 가지 못하고 중도에서 끝내고 마는 형이다. 이런 유형의 사람들은 실천력을 길러야 한다. 생각이 좋으므로 실천력이 따라준다면 좋은 결과를 얻을 수 있다. 둘째 유형은 생각은 조금 부족해도 강한 실천 마인드로 밀어붙이는 형이다. 이런 유형의 사람들은 아이디어 찾기만 잘한다면 강한 실천력으로 좋은 결과를 낼 수 있다.

영국의 사상가 토머스 카알라일은 "분명한 목적이 있는 사람은 가장 험난한 길에서도 앞으로 나아가고, 아무런 목적이 없는 사람은 가장 순탄한 길에서도 앞으로 나아가지 못한다."고 했다.

생각은 잘하지만 실천력이 약하다면 카알라일의 말처럼 목적을 분명히 해야 한다. 목적이 분명하지 않기 때문에 강한 실천력을 발휘할 수 없는 것이다.

여자 나이 20대!

황금처럼 빛나며 보기만 해도 마냥 아름다운 이 시기를 어떻게 보낼 것인지 곰곰이 생각하라. 그리고 하고 싶은 일은 반드시 하고 넘어가라.

시작이 반이다. 지금 당장 시작하라!

꿈을 찾아 떠돌다 꿈을 이루다

서울독립영화제에서 대상을 거머쥔 권우정 감독!

서른네 살의 그녀는 농촌에서 1년 반이라는 시간을 보내며 여성 농민들의 생활을 담은 <땅의 여자>란 다큐멘터리를 제작했다. 그리고 2009년 서울독립영화제에서 영예의 대상을 받으며 자신의 존재를 분명하게 각인시켰다.

<땅의 여자>는 대학을 나와 농촌에서 삶의 뿌리를 내린 여성들의 이야기를 구체적으로 담아내고 있다. 작품 속의 여성들은 농촌

일은 서툴지만 열심히 배워 가며 농촌의 현실에 눈을 뜬다. 그리고 농촌이 방해받는 일에 단호히 맞서는 강인한 마음을 갖고 대응한다. 이는 진정으로 농촌을 이해하지 못하면 할 수 없는 일이다. 어느덧 그들은 농촌의 여자가 되어 있었던 것이다.

그녀들이 2005년 자유무역협정(FTA) 반대 홍콩 원정단 200여명 가운데 일원이었던 것만 보더라도 그들의 진정성을 알 수 있다. 왜 그 먼 곳까지 가야만 했을까? 그것만이 자신들이 살 길이라는 걸 알았으니까.

"농촌을 잘 알았더라면 오히려 방해가 됐을 겁니다. 궁금증이 작업의 동력이었습니다. 진짜 농촌의 문제를 다루려면 농부가 되어야 했겠죠."

그녀의 말엔 농촌의 현실과 농촌에 정착한 여성들에 대한 깊은 애정이 잘 나타나 있다.

그녀가 그 많고 많은 소재 중에서 왜 농촌에 관심을 두었을까? 그것은 도시와 농촌 간의 고리를 잇고 싶었기 때문이다.

지금 우리의 현실은 도시와 농촌 간의 삶의 격차가 너무 크다. 그로 인해 도시와 농촌 간엔 심한 괴리감이 있다. 농촌에서 젊은 사람들을 별로 찾아 볼 수 없다. 모두 다 여건이 좋은 도시로 떠났기 때문이다. 그녀는 이런 농촌의 피폐한 현실을 반영하여 일깨우고 싶었던 것이다.

그녀는 영화를 찍기 전 파트타임으로 학원 강사를 했고, 영화를 찍고 난 지금도 돈벌이를 해야만 한다. 돈도 되지 않는 독립영화를 찍으며 고생을 사서 하는 이유는, 그것이 그녀의 목적이고 살아 있음에 대한 확신이기 때문이다. 그렇지 않다면 여성의 몸으로 1년 반 동안 찬바람 맞고, 따가운 햇살에 얼굴 그을려 가며 힘들게 카메라를 들고 다니지 못했을 것이다.

"살아 있다면 희망도, 답도 있지 않을까요? 그것은 주어지는 게 아니라 만들어 가는 겁니다."

그녀의 말에는 절대적인 희망 찾기가 옹골찬 의지로 빛나고 있다. 꿈을 찾기 위해서는 그녀처럼 꿈을 찾으러 나서야 한다. 가만히 있는데 나 좋다고 찾아오는 꿈은 없다. 힘들고 어려워도 꿈을 찾는 일에 힘써라. 그 대가로 반드시 행복한 결과를 가져다 줄 것이다.

노력은 가장 훌륭한 비즈니스다

행복해서 활짝 웃는 여성을 보면 무척이나 아름답다. 보는 것만으로도 엔도르핀이 넘쳐나는 것 같다. 하지만 슬픔에 잠겨 있거나 울고 있는 모습을 보면 마음이 몹시 아프다.

누구는 행복한 20대로 살아가는데, 누구는 불행한 20대로 살아간다면 그것은 썩 유쾌하지 못한 일이다. 여자 나이 20대라면 누구나 행복하게 살아야 한다. 여자의 인생에 있어 황금기인 20대를 잘 보내야 인생을 후회 없이 잘 보내게 되기 때문이다.

대철학자 소크라테스는 "잘 되겠다고 노력하는 것 이상으로 잘 사는 방법은 없다고 생각한다. 그리고 실제로 잘 되어간다고 느끼는 그 이상으로 큰 만족은 없다. 이것은 내가 지금까지 경험한 최고의 행복이다."라고 했다.

소크라테스의 말처럼 자신이 하고 싶은 일에 노력을 들여라. 노력은 가장 훌륭한 인생의 비즈니스다.

권우정의 **성공 Tip**

1. 꿈을 찾기 위해 꿈을 찾아 나서는 절대적 실천력을 가졌다.
2. 자신의 목표를 분명히 알고 그에 대한 확신이 있으므로 고생도 마다하지 않았다.
3. 자신이 원하는 일에서 존재감을 느끼고 그것을 소중히 여겼다.

38
거위의 꿈을 백조로 만들다
인순이

🧹 환경의 지배에서 벗어나라

사람에게 환경은 옷과 같다. 옷을 어떻게 코디하느냐에 따라 사람이 달라 보이듯 환경도 그렇다. 좋은 환경은 여건이 좋으므로 무엇을 하든 유리하다. 하지만 나쁜 환경에선 무엇을 하더라도 불리하다. 그래서 어떤 환경에 처해 있느냐는 매우 중요하다.

그러나 자신이 성장하기 위해서는 환경의 지배를 벗어나야 한다. 성공적인 인생을 사는 사람들은 아무리 나쁜 환경 속에서도 환경의 지배를 받지 않고 자신의 의지대로 삶을 끌고 간다. 이것이 그들이 성공적인 삶을 살게 하는 원동력이다.

그런데 어떤 사람들은 좋은 환경에서도 자신의 뜻을 펼치지 못하고 좌절감 속에서 살아간다. 의지와 신념이 약하기 때문이다.

요즘 대학을 나오고도 취업이 안 돼 힘들어 하는 20대 여성들이 많다. 정규직은 낙타가 바늘구멍으로 들어가는 것보다 어렵고, 계약직이나 아르바이트 같은 비정규직도 만만치 않다.

그러나 이런 가운데서도 위기를 극복하려고 애쓰는 20대 여성들이 있다. 그들은 《이십대 전반전》이란 책을 직접 써서 체념과 불안의 처지에서 대안과 희망을 발견하려는 매우 능동적이고 적극적인 자세를 취하고 있다. 이 책을 쓴 다섯 명의 20대 초반 사회 초년생들의 결단에 뜨거운 마음으로 격려와 용기를 보낸다.

나는 확언한다. 머지않아 이 다섯 명의 여성들은 자신의 목표를 반드시 이룰 것임을. 그리고 행복한 인생의 주체가 될 것이라는 사실을.

아무리 극한 환경도 적극적인 인생관을 가진 사람에겐 손발을 들고 만다. 환경에 끌려가지 말고 환경을 끌고 가라. 적극적으로 맞서 싸워라.

 ## 거위의 꿈을 백조로 만들다

뛰어난 가창력으로 독보적인 무대를 연출하는 가요계의 퀸 인순이!

그녀는 오십이 넘은 나이에도 최고의 무대인 KBS 〈열린음악회〉의 초청 가수 제1순위다. 그녀는 노래깨나 한다는 가수 중에서도

단연 돋보인다. 세련된 무대 매너, 관객을 끌어들이는 흡인력, 장르에 구애받지 않는 탁월한 노래 실력은 그녀를 최고의 가수로 만들었다. 또한 그녀는 아이돌 가수는 물론, 누구와도 호흡을 맞춰 가며 최선을 다한다. 그리고 꾸준히 신곡을 발표하며 열정을 불사른다.

그녀는 한국인 어머니와 미국 흑인 아버지 사이에서 태어났다. 혼혈인에 대한 편견은 죽음을 생각할 만큼 가슴을 아프게 했다. 그녀의 어린 시절은 두 번 다시는 생각하고 싶지 않을 만큼 지독한 고통이었다.

하지만 노래를 부르면서 아픔을 이겨냈다. 노래는 그녀에게 새로운 길을 열어준 희망이었다.

그녀는 1978년 여성 트리오 '희자매'로 데뷔하여 자신의 얼굴을 알렸다. 그후 '밤이면 밤마다' '실버들' 등의 노래로 크게 인기를 끌며 전성기를 누렸다.

그러나 1980년대 후반 대학 가요제 출신 가수들이 나오면서 그녀는 점점 설 자리를 잃어갔다. 주눅이 들어 자격지심에 빠진 것이다. 그러자 그녀를 불러주는 곳도 점점 줄었다.

그녀는 그 여파로 5년 이상 슬럼프에 빠져 지냈다.

하지만 그대로 있을 수만은 없었다. 그녀는 자신만의 밴드를 만들고, 무용 팀을 만들었다. 재즈를 배우고 뮤지컬도 하고, 소극장 콘서트를 열고, 텔레비전 모니터를 하는 등 꾸준히 노력했다.

노력은 사람의 기대를 저버리지 않는 법이다. 드디어 그녀의 실력을 보여줄 때가 왔다. KBS에서 새롭게 신설한 고급 음악 프로그램인 <열린음악회>가 그것이다.

그동안 쌓은 실력은 <열린음악회>에 출연하면서 진가를 발휘하였다. 시청자들은 폭발적인 그녀의 노래에 열광했고, 날이 갈수록 그녀의 인기는 하늘로 치솟았다.

"오로지 팬을 놓치지 않겠다는 일념으로 열심히 했습니다. 지금 생각해도 미소 짓게 되고, 잘했다는 생각이 듭니다."

그녀는 자신의 성공에 대해 이렇게 말하며 활짝 웃었다. 그리고 그녀의 최대의 히트곡인 '거위의 꿈'은 그녀를 새롭게 부각시키는 데 일등공신이 되었다.

"제 꿈이 있다면 '예술의전당'에서 공연을 하고 싶어요. 예술의 전당 쪽 요청대로 데뷔 때부터 지금까지 낸 음반과 받았던 표창장 등을 제출했는데 이상하게 탈락됐어요. 기준이 뭔지 모르겠어요."

그녀의 꿈은 대중 가수로서 예술의전당 무대에서 콘서트를 여는 것이다. 하지만 예술의전당이 공연을 허락하지 않아 지금으로서는 실현성이 없다.

그녀는 음악인들에게는 꿈의 무대라고 불리는 권위 있는 뉴욕 카네기홀에서 공연을 하는 등 최대의 전성기를 누리며 자신의 인생을 멋지게 디자인하고 있다.

그녀가 진정 아름다운 것은 식지 않는 열정으로 자신의 극한 환경을 희망으로 이끌어냈기 때문이다. 그녀는 거위에서 백조가 된 가요계의 퀸으로, 열정의 힘이 무엇인지 잘 보여준 교과서적인 인물이다.

 벽이 가로막으면 뚫고 가라

자신의 앞길에 절망의 벽이 가로막으면 포기하지 말고 이를 악물고 뚫고 가라. 절망도, 고통도 강하게 밀어붙이는 용기에는 두 손을 들고 만다.

물론 그렇게 한다는 것은 죽음과 맞바꿀 만큼 힘들다. 그래도 내가 살려면 해야 한다. 그것이 두려워서 못한다면 좋은 날을 꿈꾸어선 안 된다. 행복은 그저 오는 법이 없으니까.

탈무드를 보면, "날마다 오늘이 그대의 마지막 날이라고 생각하라. 날마다 오늘이 그대의 첫날이라고 생각하라." 는 말이 있다.

오늘을 마지막이라고 생각한다면 못할 것도 없다.

지금 이 순간 슬픔에 잠겨 있다면 당장 일어서라. 일어서서 두 주먹을 불끈 쥐고, "나는 죽지 않을 것이다. 나는 쓰러지지 않을 것

이다. 나는 반드시 내 길을 찾고 말 것이다." 라고 자신에게 다짐하
라.

그리고 씩씩하게 나아가라.

인순이의 **성공 Tip**

1. 혼혈인이라는 편견에서 오는 극한 환경을 희망으로 이끌어냈다.
2. 시련과 좌절을 열정의 에너지로 만드는 긍정적 사고를 가졌다.
3. 세련된 무대 매너, 관객을 끌어들이는 흡인력, 탁월한 노래 실력을 갖췄다.

금녀의 벽을 허물다

박윤선

 ## 편견을 뛰어넘어라

사람이 살면서 버려야 할 것 중 하나가 편견이다. 그릇된 편견으로 인해 사람과 사람 사이가, 또는 하던 일이 잘못될 수 있다. 그런데도 편견을 버리지 못하고 스스로를 편견에 가두곤 한다.

편견이 두려운 것은 편견에 갇히면 매사를 부정적으로 바라보게 된다. 부정적인 시각은 고정관념에 사로잡히는 맹점이 있다.

특히 남자와 여자, 성별에서 오는 편견이 문제다. 남자가 어떻게 여자가 하는 일을 할 수 있느냐, 여자가 어떻게 남자가 하는 일을 할 수 있느냐는 둥 아직도 편 가르기를 한다.

이런 편견을 버려야 한다.

현대는 복합사회이므로 남자와 여자의 일을 굳이 따지지 말아야 한다. 그것 자체가 모순이다.

어느 분야건 남자가 여자 일을 할 수 있고, 여자가 남자 일을 할수 있다. 자신의 적성에 잘 맞는다면 어느 분야에서건 자신의 역량을 펼치면 된다. 그것이 성취감을 주고 스스로를 만족하게 할 것이다.

그런데 무엇이 문제란 말인가? 편견에 물들지 말고 스스로가 편견에 갇히지 않으면 된다.

금녀의 벽을 허물다

우리나라 남자 프로 농구계의 첫 여성 심판 박윤선!

한국농구연맹은 2007~2008 시즌을 앞두고 선발한 심판 5명 중 한 명으로 그녀를 선택했다. 그녀는 남자들도 하기 힘든 체력과 심판 능력 테스트를 통과한 것이다. 이것만으로도 그녀는 참 대단한 여성이라는 평가를 받았다.

박윤선은 덕성여고와 상업은행(현 우리은행) 농구팀에서 포워드로 선수 생활을 했다. 하지만 부상으로 22세 때 선수 생활을 그만두었다. 은퇴한 그녀는 농구교실 강사와 생활 체육 심판으로 활동하였다.

그러던 어느 날, 그녀는 다짐을 한다. 정식 심판에 도전하기로.

"농구 경기를 보면 이상하게 심판만 보였습니다. 심판의 모든 것에 빠지고 말았지요."

선수로 뛸 수는 없었지만 정규 경기에서 정식 심판이 되어 다시 코트에 서고 싶은 열망이 생긴 것이다. 그리고 2001년, 박윤선은 드디어 여자 프로 농구의 심판이 됐다.

그 후 6년 동안 100경기나 심판을 보았다.

그러나 그녀는 거기에 만족할 수 없었다. 금녀의 벽에 도전해 보고 싶은 마음이 생겼다. 남자 프로 농구 심판은 여자 프로 농구 심판에 비해 많은 체력을 필요로 할 뿐 아니라 남자 선수들의 플레이는 활기차고 거친 면이 있다. 그래서 여성이 남자 농구의 심판을 본다는 게 쉽지 않다.

하지만 결심을 굳힌 그녀는 체력 훈련부터 시작했다. 그러나 아무리 훈련을 해도 체력의 한계에 부딪치곤 했다. 그래도 박윤선은 이를 악물고 연습의 고삐를 놓지 않았다. 그녀는 날마다 웨이트 트레이닝을 하고 러닝머신 위에서 10㎞ 이상 뛰었다. 이는 상당한 운동량이지만 그녀는 결코 멈추지 않았다. 참으로 대단한 투지가 아닐 수 없다.

그리고 마침내 응시했다. 테스트 결과는 아주 좋게 나왔다. 심판 위원장은 그녀가 체력과 섬세한 심판 능력 등에서 우수한 점수를 받았다고 했다. 피나게 고생한 보람이 있었던 것이다.

그녀는 말한다. "코트 위에서는 남자냐 여자냐가 중요한 게 아니라 어떤 심판이냐가 중요하다."고. 과연 프로 심판다운 말이다.

남과 다른 삶을 살고 싶다면 남과 다른 생각을 해야 한다. 똑같은 생각, 똑같은 공부, 똑같은 생활 패턴으로는 남 이상이 될 수 없다.

그녀는 남과 자신이 달라야 한다는 것을 너무도 잘 아는 똑똑하고 지혜로운 여성이다.

그녀는 그릇된 편견을 깨고 당당하게 남자 프로 농구 심판으로서 활기찬 2막의 삶을 즐기고 있다.

문제는 늘 자신에게 있다

어떤 문제가 발생하면 타인에게서 문제점을 찾기 전에 먼저 자신을 살펴보라. 대개의 경우 자신에게 문제가 있는데 그것을 알지 못한다. 사람은 누구나 자신에게 관대하기 때문이다.

자신에게 엄정하라는 말이 있다. 이 말은, 자신에 대한 관대함으로 자신의 단점을 스스로 묻어두지 말라는 것이다. 자신에게 엄정해야 철저하고 분명하게 일 처리를 한다.

하지만 자신에게 관대한 사람은 발전이 없다. 자신의 실수를 자꾸만 덮어두려고 하고, 자신의 약함을 감추기 때문이다.

자신의 문제를 개선하기 위해서는,

첫째, 자신에게 엄정하라.

둘째, 자신의 잘못을 남에게 돌리지 마라.

셋째, 잘못이 있으면 즉시 고쳐라.

넷째, 문제가 될 만한 일은 사전에 차단하라.

박윤선이 여성의 한계를 극복하고 남자 프로 농구 심판이 될 수 있었던 것은 자신에게 엄정하고 투철한 실천력으로 자신을 이겨 냈기 때문이다.

무언가를 확실히 해내겠다는 목표를 세웠으면 자신에게 철저하고 엄정하라.

박윤선의 **성공 Tip**

1. 철저한 프로 의식과 강한 도전 정신을 가졌다.

2. 자신에게 엄정하고 한번 마음먹은 것은 반드시 해내는 실천력을 지녔다.

3. 편견에 사로잡히지 않고 언제나 깨어 있는 마인드를 가졌다.

두 가지 자아를 실현하다

최예지

💗 욕심도 때론 필요하다

욕심엔 유익한 욕심과 무익한 욕심이 있다. 유익한 욕심은 부려도 좋지만, 무익한 욕심은 자신도 피곤하고 남에게도 불편을 준다.

자신의 일에 대한 욕심은 절대적으로 필요하다. 욕심을 내는 사람과 그렇지 않은 사람은 엄연한 차이를 보이기 때문이다.

내가 아는 어떤 여성은 참 욕심이 많다. 글을 쓰고, 문인협회 일을 하고, 시민단체에서 책임자로 일한다. 그 외에도 서너 가지의 일을 더 맡고 있다.

이렇듯 그녀는 여러 가지 일을 하면서도 잘 해낸다. 욕심을 괜히 부리는 것이 아니라는 생각이 들 만큼.

이런 욕심은 자신과 타인에게 유익함을 준다. 자신에게는 발전적이고 타인에겐 도움을 주기 때문이다.

그러나 불필요하게 욕심을 부리는 사람이 있다. 자신이 책임도 지지 못하면서 명예욕에 눈이 어둡거나, 남이 하니 배가 아파서 하는 식이다. 주변을 둘러보면 이런 사람이 의외로 많다. 이런 욕심은 쓸데없는 욕심이며, 자신에게도 타인에게도 실망감을 안겨 줄 뿐이다.

그러면 어떻게 할 것인가?

문제는 간단하다. 욕심을 부리되 자신에게 유익한 욕심을 부려라. 자신이 하는 일이 잘 되고 타인에게도 유익함을 줄 수 있도록 말이다.

 ## 행복한 자아를 실현하다

비행기 승무원이자 화가인 최예지!

그녀는 대한항공 스튜어디스로 일하고 있다. 10시간 이상 일하는 힘든 일이지만, 그녀에겐 행복한 시간이 기다린다. 바로 그림을 그리는 것! 그림은 그녀에게 또 다른 즐거움이며 목적이다.

그녀는 비행기 창문을 통해 내려다보이는 땅의 모습을 화폭에 옮기길 좋아한다.

"대자연 속의 인공 논밭 경계는 사소해 보인다. 네 것 내 것 나누는 것이 부질없이 느껴진다."

그녀의 말엔 자연에 대한 경외감과 소박함이 잘 나타나 있다.

미대를 졸업하고 스튜어디스가 되었지만 비행기를 타면서도 그림에 대한 열망을 지울 수가 없었다. 국외 노선 현지 체류 때는 쉬거나 쇼핑을 하는 대신 미술관을 찾아다니며 명화를 감상하면 무척이나 행복했다. 그녀에게 그림은 오아시스와도 같았다.

대학 동문회 전시가 열리면 해마다 그림을 냈다. 하지만 그것만으로는 넘쳐 오르는 그림에 대한 열망을 만족시킬 수 없었다. 그녀는 생각 끝에 공부를 더 해야겠다고 결심을 굳히고는 야간 대학원에 등록했다.

그런데 이상한 일이었다. 대학원에 등록을 하자 스튜어디스라는 바쁜 일정 속에서도 공부에 대한 열정이 더해만 갔다.

"교수님, 저 직장을 그만둘까 해요."

"왜? 무슨 일이 있나?"

"아니요. 두 가지 일을 하니 너무 힘들어서요."

"그래, 힘들 거야. 하지만 힘들어도 직장은 그만두지 마. 참다 보면 좋은 결과가 올 거야."

그녀는 두 가지를 병행한다는 것이 힘들어 직장을 그만두려고 했다. 하지만 교수의 제지로 계속 직장 생활을 하며 공부를 했다.

그리고 참지 못할 만큼 너무 힘들 땐 전투기 조종사였던 아버지를 생각하며 이겨냈다.

5년 동안의 힘든 생활을 마치고 마침내 첫 개인전을 열었다.

'오버 플라이 더 어스', 한지에 분채, 아교 섞은 황토를 쓰고, 수채 크레용과 수채 색연필을 섞었다. 개인전은 그녀에게 꿈의 실현이었다. 기뻤다, 그리고 행복했다.

"미대 졸업 뒤 그림을 계속하는 여성은 10% 정도입니다. 개인전을 세 번은 해야 작가로 굳어진다고 해요."

그녀의 말을 통해 앞으로 세 번 네 번 계속해서 전시회를 열겠다는 굳은 의지를 읽을 수 있다.

그녀가 두 가지 일을 병행하며 자신의 꿈을 펼칠 수 있었던 것은 자신이 하고 싶은 일을 하기 때문이다. 자신이 원하는 일은 힘들어도 힘든 줄을 모르고, 그 일을 통해 존재감과 행복을 동시에 느끼게 된다.

그녀 역시 이런 마음으로 자신을 이겨냈고, 오늘도 힘차게 자신의 길을 가고 있다.

더 늦기 전에 하라

하고 싶은 일이 있다면 망설이지 말고 더 늦기 전에 하라. 늦으면 후회만 늘 뿐이다. 후회를 남기는 일은 살아가면서 두고두고 가슴을 아리게 한다. 그러나 하고 싶은 일을 하면, 설령 그 일을 통해 성공적인 길을 가지 못하더라도 충만한 마음이 들고 후회를 남기는 일은 없을 테니, 자신이 원하는 일을 하라!

어느 날, 한 여성으로부터 전화를 받았다. 《여자가 꼭 해야 할 34가지》란 내 책을 보고 전화를 한 것이다. 그녀는 대학원 공부를 하느냐, 결혼을 하느냐의 문제로 고민에 빠졌다고 했다. 남자 친구는 빨리 결혼하자며 독촉을 하지만 자신은 공부를 마치고 나서 하고 싶다고 했다. 결혼을 해서 공부를 하면 몰입을 할 수가 없을 것 같다며 조언을 해달라고 했다.

나는 본인이 원하는 대로 하는 게 좋겠다고 말했다. 아무래도 결혼을 하면 살림하랴, 공부하랴, 또 직장 생활까지 하게 된다면 제대로 공부하기 힘들 것이 뻔하기 때문이다.

그동안 그런 여성을 많이도 보았다. 여성이 결혼을 한 상태에서 공부나 다른 무엇을 한다는 것이 그리 만만치 않다. 자신이 하고 싶은 것이 있다면 그것을 먼저 하라.

그래야 나중에 후회를 남기지 않으니까!

🔑 최예지의 **성공 Tip**

1. 그림에 대한 강렬한 열망이 있었다.

2. 힘들 땐 사랑하는 가족을 생각하며 이겨냈다.

3. 중요한 결정을 내려야 할 때 적절한 조언을 해주는 이가 있었다.

긍정의 말 한마디

인생을 새롭게 변화시키는
김옥림의 실천 마인드 30

01. 고정관념은 변화의 적이다. 지금보다 더 나은 인생을 원한다면 고정관념을 마음속에서 날려버려라.

02. 넘어지는 것을 두려워하지 마라. 당신이 지금 잘 걷는 것은 걸음마를 배울 때 많이 넘어져 봤기 때문이다. 진정 보다 나은 삶을 원한다면 두려워하지 말고 장애물을 넘어라.

03. 자신을 철저하게 관리하라. 자신에게 지는 자는 그 어떤 성공도 기대하지 마라. 성공한 자들은 하나같이 자신을 이긴 사람들이다. 어떤 상황에서도 자신을 이기는 자가 되어라.

04. 오늘 일은 반드시 오늘 끝내라. 하루를 미루면 이틀이 되고, 사흘이 되고, 나흘이 되고, 한 달이 되고, 일 년이 되고, 십 년이 되고, 끝내는 영원히 못하게 된다.

05. 내 인생의 멘토를 정하라. 한 사람의 훌륭한 멘토가 훌륭한 인생을 만든다. 훌륭한 멘토는 지혜와 경험을 제공함으로써 성공적인 삶을 이루는 데 결정적인 역할을 한다.

06. 어떤 일을 할 때 주저하는 것은 그 일에 대한 신념이 없거나 약하다는 것을 의미한다. 그 일을 성공으로 이끌기 위해서는 강한

신념의 눈으로 바라보고, 이것이다 생각되면 주저 없이 결정하라.

07. 잘못된 것은 즉시 시정하라. 곪은 것을 그대로 두면 상처 부위를 도려내야 하듯 당신의 인생을 그릇되게 할 수 있다.

08. 지나간 실패를 생각하지 마라. 실패를 잊되 실패를 통해 배운 교훈을 마음에 새겨 성공의 디딤돌로 삼아라.

09. 자신을 성공적인 인간형 모드로 전환시켜라. 어떤 일을 하다 중도에서 포기한다면 그것처럼 어리석은 일은 없다. 자신이 어리석은 인간형 모드에 갇히지 않으려면 확고한 신념으로 꾸준하게 실천하라.

10. 성공을 방해하는 세 가지 나쁜 마인드는, 첫째는 매사에 부정적인 생각을 하는 것, 둘째는 게으름과 나태함이며, 셋째는 대충 넘어가는 무사안일이다.

11. 배타적인 생각을 버려라. 변화의 걸림돌은 고정관념에도 있지만 배타적인 생각이야말로 가장 위험한 생각이다. 배타적인 생각은 적을 만들 수 있기 때문이다.

12. 모험을 두려워하지 마라. 새로운 미래, 새로운 발상, 새로운 발전을 위해 상상하라. 하지만 모험을 두려워하면 그 어떤 결과도 얻지 못한다.

13. '나와 너의 인간관계의 법칙'을 활용하라. 나와 너의 인간관계의 법칙이란 삶에 있어 서로에게 의미 있는 역할 관계를 말한다. 이때 중요한 것은 상대방에게 좋은 인상을 심어 주어야 한다는 것이다. 그렇지 않다면 어느 누구도 자신에게 깊은 관심을 기울이지 않을 것이다.

14. 자신을 믿는 사람이 되어라. 스스로 자신을 믿지 못하면 그 어떤 것도 성공적으로 이끌어낼 수 없다. 자신을 믿고 개성적이며 창의적으로 실행하라. 사람이 할 수 없는 일은 이 세상에 없다.

15. 모르는 것은 반드시 알고 넘어가라. 무엇을 안다는 것은 새로운 변화를 위해 반드시 필요하다. 지식은 앎의 근본이다.

16. 현실을 직시하는 눈을 길러라. 무슨 일을 하든 현실을 정확하게 판단하는 눈이 밝아야 자신의 일을 성공적으로 이끌어낼 수 있다. 많은 독서를 하고 신문과 뉴스 보는 것을 즐겨라. 세상을 보는 상식의 깊이가 현실을 직시하는 눈을 길러준다.

17. 인생에 연장전은 없다. 전반전에서 승부를 내지 못하면 후반전에서는 반드시 승부를 내야 한다.

18. 문제가 있다면 반드시 답도 있다. 그것을 놓치지 말고 연구하고 찾아내라.

19. 성공적인 인생이 되기 위해서는 성공주의자가 되어야 한다. 성공주의자가 되기 위해서는 첫째, 나는 행복한 사람이라고 여겨라. 둘째, 나는 무슨 일이든 할 수 있다고 생각하라. 셋째, 실패를 두려워하지 말고 기꺼이 받아들여라. 넷째, 처음부터 너무 잘하려고 하는 조급한 마음을 버려라. 다섯째, 자신과의 약속이라도 반드시 지켜라. 여섯째, 무엇을 할 땐 오늘이 마지막인 듯 열정적으로 하라. 일곱째, 오늘 일을 내일로 미루지 마라. 여덟째, 모르는 것은 알 때까지 파고들어라. 아홉째, 불가능은 있다는 미혹에 빠지지 마라. 열째, 쓸데없이 시간을 낭비하지 마라.

20. 항상 인생을 낙관적으로 생각하라. 낙관적인 생각은 사람을 능동적이고 긍정적으로 만든다. 그래서 시련이 파도처럼 밀려오고 고통이 산처럼 높이 쌓여도 쓰러지는 법이 없다. 오히려 그것을 교훈 삼아 새로운 길을 모색하는 지혜를 발휘하게 된다.

21. 오늘에 절대 안주하지 마라. 오늘에 안주하는 사람을 미래는 달 가워하지 않는다. 오늘에 안주하는 사람은 미래를 생각하지 않기 때문이다. 오늘이 가면 내일이 오고, 또 오늘이 오면 내일이라는 미래가 기다리고 있는 게 세상의 순리다. 그런데 미래를 생각하지 않는다면 자신의 삶을 퇴보시키는 일이다. 그러므로 오늘에 만족하는 사람은 항상 오늘뿐이지만, 미래를 향해 나가는 사람에게 미래는 날마다 오늘이다.

22. 무엇을 하든 즐거운 마음으로 하라. 그러면 마음에 부담이 없고, 마치 즐거운 게임을 하는 것처럼 생각되어 예상했던 것보다 훨씬 좋은 결과를 얻을 수 있다.

23. 사람은 무슨 일을 하든 대범하고 담대해야 한다. 담대한 마음을 기르기 위해서는 첫째, 마음으로부터 두려움을 없애라. 둘째, '남들도 하는데 내가 왜 못해.'라는 강한 용기를 가져라. 셋째, 나는 할 수 있다고 강하게 자신에게 주문을 걸어라. 넷째, 두둑한 배짱을 길러라. 배짱은 강한 마음의 표현이다.

24. 실천이 따르지 않는 목표는 허구일 뿐이다.

25. 마음의 걱정은 현명이라는 단단한 뿌리의 나무를 잔바람 앞에서도 흔들리는 갈대가 되게 한다.

26. 무너진 강둑은 다시 쌓으면 되지만 한번 깨진 신뢰를 다시 쌓기란 태산을 오르는 것처럼 힘들다.

27. 눈높이를 낮춰 자신을 행복의 숲으로 이끌고 가는 사람이 행복한 인생이다. 그러나 끝없는 욕망에 갇혀 사는 사람은 자신을 불행한 인생이라고 여긴다. 진정 행복한 인생이 되고 싶다면 부정적인 삶의 그늘에서 빠져 나와 행복의 만족도를 조금만 낮추어라.

28. 성공적인 인생을 살아가는 데 있어 좋은 습관은 '꿈의 보약'이다. 꿈의 보약인 좋은 습관을 들여라.

29. 성공적인 인생이 되려면 리더십을 길러야 한다. 훌륭한 리더십을 기르기 위해서는 첫째, 사람들에게 강한 믿음을 심어주어라. 둘째, 강한 자신감과 용기를 가져라. 셋째, 정직한 마음을 갖추어라. 넷째, 아무도 넘볼 수 없는 실력을 갖춰라. 다섯째, 넓은 포용력을 갖춰야 한다. 여섯째, 자신만의 철학을 가져라.

30. 적당이라는 말을 멀리하라. 무슨 일을 하는 데 있어 적당이란 말이 무난한 방식처럼 여겨지기도 한다. 그러나 이 말의 의미에 속지 마라. 이 말은 최선을 다하지 않고 대충 해도 된다는 것을 의미하기 때문이다.

당당하게 도전하고 쿨하게 즐겨라